郭松／著

结伴而行

四川文艺出版社

目　录

军旅如歌

书香笔韵

情系云南

雄秀巴蜀

序

魏得胜①

郭松兄要出本散文集，嘱我写序。我深知，此乃知遇之意。如此，怎敢拂兄美意；是以提笔，写下的，也不过启发所得。

通读全书，印象最深的，莫过于故乡部分，郭松用灵巧的语言、诗般的结构，完成怀乡之旅。

家乡在川南崎岖的山坳里，高耸的山，青绿的凹，葱翠的竹，蜿蜒的河，偏远的村，叠成一幅幅清新的画，深深地嵌进心房，如生命的行囊捎带一生。(《乡恋》)

---

① 魏得胜，人文学者，著有《历史的点与线》《风中的文化帝国》《大宋帝国亡国录》《汉室江山兴衰史》《历史深处话名著》《慈禧与她的帝国》《秦淮河》《另类人生》。

读到这里，勾起一段回忆。1987 年，我搭军机自成都回昆明，至川南上空时，俯瞰大地，那情景确如郭松所言，叠成如画。如此之美的家乡，怎不让人眷恋。这种眷恋，深深印在郭松的记忆里。

> 对于古蔺女人，我曾经比喻："像大山一样硬扎，像赤水一样奔放，像兰花一样空灵，像朗酒一样浪漫。"大山融入古蔺女人骨子里，性情就硬，说话办事也干脆；赤水河养育的古蔺女人，自然多了些野性和奔放；幽谷中生长的兰花，映衬着古蔺女人的"奢香"；郎酒是古蔺女人的生命形态，是氏族的图腾，是盛宴的诗歌，彰显了大气、豪气和霸气。（《乡恋》）

> 老茶馆，凝固着旧时光，盖碗茶，紫铜壶，老虎灶，竹靠椅，木方桌，老烟杆的敲击声，老爷子的咳嗽声，跑堂倌的吆喝声，定格成老茶馆的光景。（《老光景》）

以其爱之至深，郭松"每次回到家乡，走进熟悉的街巷"，才"亲扶老屋的土墙"，数捻往事，"把思乡的心境搅拨成一抹离愁"。何谓"离愁"？就是心中的那个故乡，已非从前的模样。

自从父母去世后，家乡给人的感觉，不再那么亲近了；没有父母的家乡，已经不再属于我，心中会泛起一种莫名的茫然、惆怅和孤单；那些熟悉的街巷，热闹的菜市，久违的乡音，深情的依恋，都因父母的去世渐渐淡了。虽然那里还有两个姐姐，她们也说："父母不在了，这里还是你的家，要常回来看看。"但我心里总是空落落的，以前父母在，回到家里很踏实、很随意；现在住两个姐姐家，虽然对我仍然很好，但始终有一种去亲戚家做客的感觉。（《记住乡愁》）

　　这段文字，于我可谓感同身受。1999 年，家母去世时，我写了篇《回家》，看看吧，我的文字与郭松这段文字，何其相似：

　　这次回家，已是人去屋空。父亲早便走了，母亲这一走，我再也不是谁的孩子了，也称不起是谁的孩子了。当我离开老家的时候，在送行的人里，我再也没见到母亲的身影。只怕是永远也见不到了。这正像我的两个妹妹扑在我怀里说的那样："这回回来，再也见不到娘了。"

　　是呀，真的再也见不到娘了，我有如断线的风筝，心里空落落的。家还是原来的那个家，可心里就没了底。有娘在的时候，离家再远，心里也总是踏实的。如今娘走了，突兀地就有了回家为客的感觉。

相似度极高的文字，必定是心灵深处的文字。

眷恋故乡之外的文字，打动我的，当属军旅部分。毕竟，我与郭兄有着相同的军旅生活。他在《军中酒缘》里写道："记得到部队报到的那一天，兵站政委听说分来个地方大学生，心里说不出的高兴，吩咐炊事班宰了一头羊，买了一桶苞谷酒……"；在《忘年交》里又说："老政委是政治部主任，他对读书人很尊重、很关心，亲切地称我'秀才'；我在政治部工作时，时常熬夜赶材料，他见办公室灯光还亮着，会遛过来看看，安排人弄些吃的……"

可见那时的部队领导，对知识分子的尊重，无不体现在每一个细节中。

读书时，养成了饮茶的习惯，一杯茶放在案头，热气缭绕，如笔墨纸砚一样有气氛；书读到哪里，茶就端到哪里，时间长了，书成了魂，茶成了魄，没书不能消夜、消周末、消假日，没茶不能心安、气定、久坐。

读书在淡、在悟、在得，品茶也带点禅意、淡泊、明志，读书像是"苦行僧"的样子，痴迷打坐，念念有词，渐渐入迷，书瘾茶缘，像董桥说的那样，中年是下午茶，"搅一杯往事，切一块乡愁，榨几滴希望"。（《书魂茶魄》）

闲暇的日子，喜欢去浏览书橱里的那些书。眼睛一格一格地从书的底层爬上去，看我的书增添了几许、又陈旧了几许。随意抽出其中的一本，也不是要坐下来看，只是想整理一下记忆……（《闲情逸致》）

这性情，没有文化的自觉，没有面对浮华的定力，如何体现得出来？

严格意义上说，郭松这本书是散文集。那么，我们也就不得不回到散文的框架下，来结束这篇序言。书中有篇《散步翠湖》，颇获我心，是因为，这也正是我的生活写照。每与诸友小聚，大约总离不开翠湖以近的靛花巷。这个地方，早已淹没在楼群之间，更淹没在历史的尘埃之中。西南联大时期，这靛花巷曾是中央研究院历史语言研究所的所在地，堪称学者乐园（傅斯年、陈寅恪、赵元任、罗常培等曾为该所栋梁），闻一多、朱自清、魏建功、沈从文、卞之琳等，常泡于此，或用功学问，或茶酒闲话。联大校长梅贻琦住在西仓坡，亦常常带上一瓶酒，从住处步行至靛花巷，大家边饮边聊，尽兴而返。这人文景观，是我念念不忘的，郭松的书里亦多涉及，此不繁赘。

不过，我倒是联想到一个人，那就是台湾思想家殷海光，在西南联大上学时，他常常一个人在翠湖边思考，下雪了，一个人站在旷野里，任由雪花飘落在赤裸的脊背上……殷先生对西南联大一往情深，回忆说，那时"我们刚从北平搬到昆明，上一代的文化和精神遗产还没有受到损伤；战争也没有伤到人的元气。人与人之间交流着一种精神和情感，叫人非常舒服"。我与郭松兄的此番交流，想来也叫人非常的舒服吧。

2015 年夏，于翠湖西畔

眷恋故乡

乡恋

记忆中的老街

赤水河，英雄河，美酒河

亲情

再聚首，因为同学

记住乡愁

故乡情

　　小时候，故乡是一只纸叠的小船，轻轻漂流在清浅的河弯，人在这边，梦在那边；长大后，故乡是一处避风的港湾，静静守候在大山的深处，人在外头，心在里头。

　　童年时，故乡是一首歌谣，街巷里的脚步，小河边的玩耍，一脸欢喜不知愁；少年时，故乡是一抹阳光，青涩中的懵懂，艰辛中的期盼，一心执着不言苦；成年时，故乡是一阵心颤，日渐老去的父母，忙碌中的探望，一腔婉约相思瘦；中年时，故乡是一瞬回眸，伫望时的风景，相逢时的话题，一世兜转情更浓。

　　在人生的舞台上，每个人都唱过许多歌，唯有故乡这首歌，让人动情感叹，让人弥远思久，在心头永远回响。在人生的餐桌上，每个人都喝过许多酒，唯有故乡这壶酒，甘甜醇厚，让人尽兴酣畅，在口头永远回味。

在奔走的疲惫中，故乡不再是贫瘠的土地，是一种淡淡的忧伤，是一种苦苦的牵挂，是一种甜甜的惦记；故乡不再是满目的疮痍，是一壶醇香的酒，是一首豪放的诗，是一阕温婉的词。

在揉碎的心事中，剪不断的乡情，挥不去的思念，温暖飘入心扉，滋润浸入灵魂。岁月流逝，韶华远离，许多人生驿站都渐渐淡了忘了，唯有故乡这个初始驿站，时常让人魂牵梦绕。

故乡在我心中，有时是具体的、清晰的，一条小河，一个小巷，一副面孔，一种腔调，那些亲情友情，那些陈年往事，每当提起想起的时候，总是历历在目、记忆犹新，让我无尽地思念和回味。

故乡在我心中，有时又是抽象的、模糊的，离开故乡三十多年，许多老街老屋都不在了，许多人都不认识了，许多事都记不清了，故乡不只是一方水土风情，更是一种自我的寻找、心灵的归宿、精神的守望。

乡 恋

　　久居异乡，年岁增长，心中时常眷恋那一方朴实而丰厚的乡土，像一个永远的心结，让人割舍不断、牵肠挂肚。

　　家乡在川南崎岖的山坳里，高耸的山，青绿的凹，葱翠的竹，蜿蜒的河，偏远的村，叠成一幅幅清新的画，深深地嵌进心房，如生命的行囊捎带一生。

　　屋上炊烟，田野庄稼，山涧沟壑，是童年读得最多的风景；荒凉，贫穷，落后，是少年对家乡最肤浅的认知。外面精彩的世界，无时无刻不吸引我走出大山。

　　离开家乡，走过一个又一个驿站，终于从城市的一隅蜗居到一隅高楼，行走在匆忙的人群里，感受着拥挤和喧哗；时常思恋家乡土地的广袤，一个人坐一座山，一个人走一条路，一个人蹚一条河。

离开家乡时，带走的唯一礼物，是那口地道的家乡话，至今都不会说普通话，总是闹不清舌头何时该卷何时不该卷，虽不绊脚但绊舌；校正口音几乎要脱一层皮，但乡音不是皮，也不是伤疤，更像是胎记，是一个人原产地的防伪标识。

回望家乡时，对于古蔺女人，我曾经比喻："像大山一样硬扎，像赤水一样奔放，像兰花一样空灵，像郎酒一样浪漫。"大山融入古蔺女人骨子里，性情就硬，说话办事也干脆；赤水河养育的古蔺女人，自然多了些野性和奔放；幽谷中生长的兰花，映衬着古蔺女人的"奢香"；郎酒是古蔺女人的生命形态，是氏族的图腾，是盛宴的诗歌，彰显了大气、豪气和霸气。

每次回到家乡，走进熟悉的街巷，亲扶老屋的土墙，似乎触摸到过去的事，每走一处，总会翻起几页不同的记忆，把思乡的心境搅拨成一抹离愁，掉几缕青丝，添几许白发，别有一番滋味在心头。

街头巷尾的夜宵摊，充满着吃的诱惑，只要同学、朋友聚在一起，就管不住自己的嘴，有一种吃出来的满足；说起吃的如数家珍，有聂幺爷的麻辣鸡，有钟跷脚的牛肉干，有小王餐馆的猪儿粑，还有成不了大餐的荤豆花、酸菜绿豆汤。

家乡人热情好客，喜欢热闹，大点的酒席每月都有，朋友间的小聚隔三岔五也有，讲究"无酒不成席"；最引以自豪的是家乡有个郎酒，爱郎酒就像爱自己的孩子，不光自己爱喝，还劝外地人喝，说郎酒喝了不打头。

经过岁月的蹉跎和坎坷，才知道生命中最温暖的地方莫过于家乡，那里有父母的血脉和传承，有亲人的关爱和挂念，有童年的顽皮和放纵，有少年的青涩和懵懂。

倏忽间人已中年，虽然还没有到老，但思乡的情结愈发深厚，在心底总有一个不老的梦，那是今生的家乡，永远的归处。

记忆中的老街

古蔺的老街，从儿时记事起，就在脑海里储存、定格了，虽然岁月冲淡了记忆，但每当细细回想时，那遥远模糊的街景，又一幕幕浮现在眼前。

老街有些破旧，但感觉很亲切，青石板铺就的主街沿着落鸿河伸展，按居民的习惯，分为上街、中街和下街；街道两旁，大多是些木质老屋，店铺上着旧式的门板，装或卸都方便；往住户家里走，可以看到狭窄、幽深的小巷，小巷中有门槛，小院中有天井；临河人家还有些吊脚楼、小轩窗，通往河边的水北门巷子，整天都是湿浇浇的。

主街爬坡的一面，有许多弯曲、起落的街巷，印象比较深的有个牌坊口，沿着坡坎往上走便是县府，从小在大院长大，对那一片再熟悉不过了；有个大巷子，聂墩墩在岔路口摆个麻辣鸡摊子，那鲜香诱人的味道让人惦记；有个豆腐业，那一片豆腐作坊比较集中，有个同学祖上是做豆腐的，人缘也挺好，大家都叫她"豆腐西施"；记得清楚的，还有大礼堂、油榨房、万家巷子、一人巷……

那些纵横交错的街巷，像是迷宫，拐弯抹角，绕东串西；小巷中藏着深宅大院，门口躺着打瞌睡的黄狗，寂静而神秘；抬头望去，墙壁上布满了青苔，屋顶上长满了青草，偶尔有阳光从瓦缝中漏出，斜斜地照在石阶和鹅卵石上。

老街上的茶馆，随时都坐满了人，老一辈最懂最恋茶馆，一杯清茶，咀嚼的是人生滋味，留下的是满口清香。铁匠铺的壮实汉子，光着膀子，满脸通红，汗流浃背，高举着铁锤，叮叮当当地敲打着铁器。棉花铺的中年夫妻，背着弹弓，手持木槌，弹着棉花，头发上，须眉上，衣裤上，沾满了棉花絮，像个雪人。

外婆家住在中街，新中国成立前是做布匹生意的，木板房虽然陈旧，但日子过得殷实，时常去那里玩耍，或蹭点吃的，晚了就住下。天刚蒙蒙亮，就听到鸡鸣狗叫声，小贩卖小吃的吆喝声，那声音很是悦耳。下街有个新华书店，兜里没钱，去那里只是翻翻看看，入迷的时候，一蹲就是大半天。有时也去街边的小书摊，花上几分钱，看上几本喜欢的书。

老街上的人相处融洽，端着饭碗串门的，纳着鞋底拉家常的，支个木架搓麻绳的。哪家有个红白喜事，整条街的人都当成自家的事来办。远方的亲戚朋友来了，家里住不下的，隔壁邻居家打个招呼也可住宿，主人客人间没有半点忸怩。

曾经的老街都变样了，那些低矮的层楼、斑驳的墙面、老式的凳椅、旧式的襟衫、慢摇的蒲扇，渐渐消失在过往的尘烟中；只有那些熟悉的面孔和乡音，还深深地留在久远的记忆里。

赤水河，英雄河，美酒河

我的家乡有条赤水河，从母亲赋予我生命那时起，就与它结下了不解之缘；无论是水土之源，还是精神之本，我与它的自然、人文都密不可分，注定我这一生都行吟在它的影子里。

赤水河，穿行在滇黔川纵横沟壑之间，从一个山谷到另一个山谷，从一个险滩到另一个险滩。丹崖幽谷，飘忽暗河，抚摸岸边拴盐船的石孔，可猜想当年舟楫不断、川盐入黔的盛景。

赤水河，以它特有的赤诚和俊美，演绎了历史和当代佳话；过去向往赤水河，因为它是一条英雄的河；现在赞美赤水河，因为它是一条美酒的河。

四渡赤水，得意之笔；大兵压境，围追堵截；运筹帷喔，指挥若定；机智灵活巧迂回，纵横驰骋川黔滇。以绝处逢生的险境，创造了军事史上的神话。

蜈蚣崖上"美酒河"题字，横空出世，气势恢宏，赤水河般配这样的大字；"水"是酒存活的液体，"酉"是贮酒的坛子，酒是这一方水的赋予，是这一方人的造化。

赤水河畔，满山的高粱、小麦，似乎天生就是为酿酒准备的。赤水河畔的人，有一种力透石壁的生存欲望，要以酒的烈性，展示生命的跳动和张扬。

赤水河，让人血脉偾张、神采飞扬，独特的地理环境和水文气候，酝酿了茅台、郎酒、习酒等名蜚中外的酱香美酒，奠定了赤水河在中国酿酒业的核心地位。

二郎天宝洞

　　二郎，古蔺境内、赤水河畔、川黔交界的一个偏远小镇，与习水、仁怀隔河相望；回水沱像一个酒壶，赤水河流经这里，再倒出去，就变成了酒；半山腰上，弯曲起落的街道，青石铺筑的台阶，通向酒香深处。

　　美酒的酿造，更多得益于水质、土壤、气候、作物等自然条件，不然很难解释，在配方、技术保密的情况下，茅台、郎酒的口感如此接近，以至于行家都难以分辨，只好作个通俗的界定：高度酱酒以茅台好喝，低度酱酒以郎酒好喝。

　　天宝洞，典型的喀斯特溶洞，蕴含"天赐宝洞"之意，深藏在二郎五老峰下。我曾经两次造访天宝洞，在朋友接待后半醉半醒的状态下，飘飘然进洞探访。偌大的洞库，深邃、幽暗、斑驳，凉悠悠、湿漉漉的；上万只土制陶坛，贮存数万吨基酒，整齐地排列着，看上去像"兵马俑"，显得浓烈憨朴、肃穆；洞内常年恒温，冬暖夏凉，有利于微生物生长；陶坛上积满的酒苔，用手触摸有丝绸般的感觉，不会留下任何印痕，对酒的醇化甘洌有稳定老熟的作用。

赤水、高粱、小麦酿造的郎酒，可谓"生长于自然，成熟于自然"，必得在这里窖藏三年以上，经历孤寂和等待，才能熬炼出细腻温和、醇厚绵长、空杯留香的品质，让人感受"宝洞客来风送醉，举觞人去路留香"的诗情。

太平古镇

太平，落鸿河与赤水河交汇处的一个古镇，与贵州习水隔河相望，过去的商旅和兵戎之地。

明末清初，自贡井盐入黔，设立水路驿站，盐商拥入设号，船只胪列，桅墙如林。清末，江西陇南商人朱复桐的后裔，为怀念家乡"太平堡"，祈祷过往行人渡河平安，将"落鸿口"改名为"太平渡"。

古镇的建筑，大多是吊脚楼，以干阑式技法，在陡峭的地势上争取空间，依山而建，傍水而居；梯坎的街道，店宅的房屋，沿着山势蜿蜒爬去，呈现"台、吊、错、挑、梭、靠"的特点，错落有致，古朴而含蓄，独特而丰富，充分体现出对自然的适应和尊重。

红军四渡赤水七十二天，其间三进古蔺，转辗驻扎五十四天；二渡、四渡赤水时，在太平留下了总部、银行、医院、住所等八十多处遗址，在陈列馆珍藏了马灯、印鉴、号谱、土炮、苏维埃纸币等七百余件文物；许多房屋的门板、板壁，当年红军架设浮桥都用过，一砖一瓦，一檩一角，一石一物，都浸透着红军的气息和情谊。

曾经的繁荣和硝烟已经散去，古镇显得有些冷清，每条街道，每栋房屋，似乎都在说着悄悄话，历史是沉寂的、不张扬的。慢慢踱着步子，沿着青石板上坡下坎，穿行于街巷之间，四处打量镇上的居民，不管是歇坐门前的老人，还是戏耍道头的孩童，都在专注手中的零碎事，都在忙碌或悠闲地生活着，一切都是那样朴实、恬淡、自然。

在街角的石凳上发发呆，在院落的槐树下喝喝茶，让我不经意想起遥远的童年往事，诱使我将美丽的记忆碎片，贴在似曾相识的街景和面孔上，在脑海里刷新一番，年龄虽老熟了一些，思想却年轻了一些。

黄荆老林

　　我在老家古蔺生活了十八年，从小就听长辈传说黄荆老林，因乾隆年间"封禁"而保持原始状态，那里有野生动物出入，觉得很神秘，很蛮荒，很害怕。

　　初识黄荆，是在高考落榜的那年，待在家里心烦，父亲联系公路局的朋友，让我去黄荆养路段写标语。大雪纷飞，寒风刺骨，崎岖山路，满身泥泞，给我留下了深刻印象。

　　过去的黄荆，是一片蛮荒；如今的黄荆，是一片幽景。随着旅游条件的改善，前去观光、探访的人多了起来，像是一个藏在深闺的美少女，让人怦然心动。

　　丹霞地貌，古树参天，藤萝缠绕，轻抚梯坎、树皮上的青苔，湿润润的，凉悠悠的；鸟语空山，蝉鸣幽林，枫叶猩红，树荫间洒下的缕缕阳光，暖洋洋的，羞涩涩的。

　　山得水而活，水因山而幽。蟒童河水破峰而出，冲激成八节瀑布，水花飞溅，空灵飘逸；每一节瀑布都有一个传说，林涧潺潺的溪水，没有夸张的响声，与山峦交织在一起，诉说着纯净质朴的美好。

　　环岩，悬崖绝壁，幽奇险秀，飞瀑如泻。普照山，山脉雄奇，凌云屹立，东可观日出、晨辉，西可看云海、晚霞。笋子山，盛产竹笋，山势尖削，沟壑交错，似一条蜿蜒天际的绿带，缭绕于群峦与白云之间。

　　描绘黄荆的美，我的语言是贫乏的，清代光绪年间，湖北墨客梁春华在白云岩上题诗，发出了"劈开八节洞，飞出万重山，云气吞边日，泉声响百峦。封侯千古事，作客十年间；艰险都尝遍，无知林鹤闲"的感叹！

亲 情

系魂 小时候，我迷失在山谷里，母亲急了哭了，和几个伙伴找回家，母亲搂着我，不停地对人家说，这个没魂的苦孩子，把魂丢在了大山里。

长大离开山乡的时候，母亲把一根红线系在我的手腕上，反复叮嘱，在人多的城里，不要被花言巧语蒙蔽，自己的命要自己带在身上。

许多年过去了，拴在我手腕上的那根红线早已丢失，但母亲的话始终记在心上，我的魂还在遥远的山乡。

背影 小时候，常紧握父亲的手，在幽静的街巷里跌撞行走，一抹夕阳，将父子俩长长的背影印在青石路上。

时光渐渐拉长了岁月的背影，昔日紧握父亲的手已经松开，跌撞的脚步变得沉稳，浅薄的脚印日益深厚，成熟的步履走在远方。

许多年后，蓦然回首，却发现自己从未走出那条街巷，父亲将他背影中精彩的部分裁剪了下来，精心缝在了我的身上，使我的生命里时常闪现着父亲的影子。

白发和皱纹侵蚀着父亲的容颜，街巷里留下的是父亲踽踽行走的背影，唯一不曾改变的是父亲的目光和心愿。

姐弟情　姐姐，你亲切地叫我一声兄弟，让我想起小时候，迈着踉跄的步子，扑进你的怀里，爬到你的背上，发出那声稚嫩的呼喊。

前方有好多大山要爬，那根长长的背带，驮着艰辛，也背着梦想，我好想在姐的背上，寻一丝温暖和依偎。

可我说不，我怕太沉了会把姐压垮，姐弟间是修来的福分，情同手足，不分你我，弟永远驶不出姐的心岸。

离家的日子，我没把姐忘记，穿着姐一针一线织成的毛衣，在风雨中前行，总有一缕缕暖意在心田缱绻；那声弥漫着乡音的呼喊，是舔伤时的小屋，是疲惫时的安慰。

这些年来，你我都有了小家，但没有忘记大家，把苦衷埋在心里，把责任扛在肩上，孝敬父母，侍候老人，似乎把生命都做了抵押，而不要一分报偿。

当我们的孩子都长大的时候，却发现自己开始老了，翻过的日历上，写满了岁月的无奈和沧桑。

老光景

老屋　三十多年了，曾经的日子像风一样，一串本土本乡的脚印，留在了家乡那些老屋里。

老屋的邻居，是邻居的老屋；斑驳的泥墙，已经露出了缝隙，爬满了藤蔓，屋顶上好些瓦片已经在风中吹落；一圈又一圈蜘蛛网，还守护着门槛、窗棂和天井。

老屋睡在炊烟里，也醒在炊烟里；听惯了三天两头刮锅底的声音，吃惯了饥一顿饱一顿的粗粮，摸惯了那些磨得溜亮的梁木、椽子和老式家具。

不隔音的墙，墙上的那些窗口，曾经听一段逸闻趣事，递一个滚烫的苞谷，接一铲喷香的锅巴。

父母那双长满老茧的手，揉出一缸酸菜，磨出一盆豆花，腌出一挂腊肉，本分地过着百姓的平实生活，在几曲蜿蛐叫声里，换成了浓浓的味道。

老屋，远离了城市的喧嚣，显得肃穆和静谧，与世无争的样子，那些蹉跎的岁月，老屋惦记着，我也惦记着。

老茶馆，凝固着旧时光，盖碗茶，紫铜壶，老虎灶，竹靠椅，木方桌，老烟杆的敲击声，老爷子的咳嗽声，跑堂倌的吆喝声，定格成老茶馆的光景。

老茶馆，是休息、解闷的好去处，花几毛钱，一待就是大半天；一杯清茶，喝着恬淡、自在和悠闲；一碟瓜子，嗑着家事、国事、天下事。

墙中间的领袖画像，画两边的红色语录，都在诉说着那个年代的故事；每一个角落，都留存着岁月的沉淀；每一缕阳光，都享受着生活的安详。

老街的乡亲，不紧不慢地来，不紧不慢地走；让老茶馆泡着的，是乡亲每天的心情；老茶馆是生活的停顿，停顿在乡亲的心中，停顿在老街的深处。

童年的煤油灯　时常想起童年的煤油灯，那盏小小的、暗暗的煤油灯，拉长了父母姊妹的身影，一家人围坐在灯光下，做着针线，做着作业，做着游戏。

童年的煤油灯，倚靠在斑驳的墙角，葫芦状的灯罩，丰满而圆润；棉线捻子的灯芯，大口吸食着煤油；我小心将它捧起，轻轻擦掉玻璃上的灰尘。

童年的煤油灯，微弱的一簇灯焰，仿佛随时都可能被一只飞蛾扑灭；借着一丝灯光，母亲纳着鞋底，姐姐织着毛衣，细长的麻线、毛线，在胸前盘旋、起舞。

童年的煤油灯，油烟重，气味大，两个鼻孔熏得黑乎乎的；摇晃的火苗，容易燃着头发；看书久了，对眼睛伤害挺大的。

童年的煤油灯，淡淡的、暖暖的灯光，给清贫的家庭增添了几分温馨；朦胧的、跳动的灯焰，在我的记忆里徜徉，在我的内心里升起梦想和希望。

再聚首，因为同学

金秋十月，流光溢彩，我们古蔺五中高七九级同学，怀揣着对老师的感恩、对情谊的珍惜，相聚在黄荆老林这片天然、美丽、神奇的土地。

高七九级，是历史转折中的优秀群体，是古蔺五中校史上浓墨重彩的一笔；这次聚会，是一次久违的重逢，是一次不舍的告别，相逢的喜悦，道别的伤感，挂在每个同学脸上。

时光荏苒，岁月如歌，曾经两年的高中学习生活，把我们紧密地联系在一起，给我们留下了太多的回忆。那时候，我们都不富有，但内心单纯、质朴、浪漫，日子过得很开心，这是那个年代留给我们的最好礼物。

三十五年没见面，同学间都有些陌生，好多都叫不出名字，那又何妨，一个握手，一个拥抱，流露的感情依然那么滚烫；忘不了那青春的悸动，忘不了那羞涩的表情，忘不了那闪烁的泪花，忘不了那传情的小纸条，忘不了那课桌上的三八线，忘不了那同学间的顽皮、打闹和恶作剧……

三十五年，一万两千七百多个日日夜夜，叠在一起的日历有厚厚的三十五本，那一页一页翻过去的，不仅仅是光阴和岁月，还有割舍不断、挥之不去的同学情。

三十五年，黄金般的岁月，我们经历了人生的磨砺和积淀，同学之间的友情，像一本珍藏在书架上厚重的书籍，当收拾整理的时候，会轻轻掸去上面的尘埃，静静细细地解读和回味。

三十五年，人生的变化莫如"渐渐"，从萌芽的春，渐渐变成了绿阴的夏，渐渐变成了金色的秋；从青涩懵懂的少年，渐渐变成了精力旺盛的青年，渐渐变成了成熟稳重的中年。

三天的同学聚会，虽然很短暂，但很紧凑、很圆满；同学聚会虽然结束了，但同学之间的友情不该间断；抽点时间，找点空闲，时常在一起聚聚；满满地斟一杯酒，道一声同学珍重；紧紧地握一下手，藏一份纯真感情。

记住乡愁

回不去的家乡 家乡往往是和父母联系在一起的，父母在的时候，那个地方属于你，人离开了，心还经常回去，会时常牵挂，会从梦中惊醒，会千里迢迢赶回家；只要踏上回乡的路，就有一种归心似箭的感觉，因为家乡有父母的思念和期盼，有相聚的温暖和亲昵，有离别的不舍和愁绪。

自从父母去世后，家乡给人的感觉，不再那么亲近了；没有父母的家乡，已经不再属于我，心中会泛起一种莫名的茫然、惆怅和孤单；那些熟悉的街巷，热闹的菜市，久违的乡音，深情的依恋，都因父母的去世渐渐淡了。虽然那里还有两个姐姐，她们也说："父母不在了，这里还是你的家，要常回来看看。"但我心里总是空落落的，以前父母在，回到家里很踏实、很随意；现在住两个姐姐家，虽然对我仍然很好，但始终有一种去亲戚家做客的感觉。

回到自己家里，那种忐忑、纠结的心情挥之不去，我总在想，长期在外工作和生活的人，就像一只飘在天上的风筝，过去对家乡的依恋，是因为父母在那头牵着线，现在父母不在了，心魂上的牵扯就断了，就像一只断线的风筝，随风飘荡，找不到牵引你的人。

乡愁，是一声清亮的笛，总在明月时响起；乡愁，是一曲悠扬的箫，总在孤独时穿越；乡愁，是一阵清脆的鸽哨，总在薄暮中划破寂寥的天际；乡愁，是一枚思乡的邮票，总在期盼中回到遥远的故乡。

乡愁，是一种心底的记忆，因为故乡偏远、落后，总想逃离；乡愁，是一种永久的期待，因为故乡朴实、淳厚，又总想回归；远离了故乡，反而对它多了几分宽容和亲近。

乡愁，是一种隐隐的愁怨，是一种悠悠的依恋；乡愁，是一种未改的乡音，是一种剪不断理还乱的心结；乡愁，系着一个人的心，牵着一个人的魂。

乡愁，是一种对生长地的眷恋，故乡有了家，才有了方向感、归宿感；乡愁，是一种出走与返回的变化，离开后回归的，不再是原来的模样，已经物是人非，有了陌生感、失落感。

乡愁，是一种重回故乡，也是一种难回故乡；故乡留给自己的，仅仅是一种过去的回忆，一种意念的存在，一种精神的纽带。

　　乡愁，是一种人生的回顾，也是一种心理的需求；乡愁，是一种精神的向往，也是一种家园的追寻，更是一种灵魂的归处。

军旅如歌

军旅情

军旅，一段难忘的岁月，带走了青春，浓缩了记忆；曾经，我们从四面八方，怀着满腔的热血，迈着坚定的步伐，浩然融入军营。

一首战友之歌，拉近了我们的距离，不是亲情，胜似亲情；我们同吃一锅饭，共饮一壶水；嘹亮的歌声，响彻军营；雄壮的号子，震撼云天。

那里，每一处风景，都是男人血性的注解；每一声口号，都是脱去稚嫩的宣言；不再有依靠的臂膀，不再有呵护的柔情，细嫩、脆弱蜕变成粗糙、坚强。

震耳的炮声，是一串昂扬的音符；弥漫的硝烟，是一曲激情的赞歌；战暑寒，送走盛夏隆冬；披迷彩，宿营山林草丛。

无论烈日风霜，还是枪林弹雨，每一座营盘里，每一个战壕中，流淌的是军人的血，豪放的是将士的魂。

军旅的歌，健康的词，豪放的诗，在操场上徜徉；昂扬的歌，梦想的种子，植入心田，结出满树的果。

我们拥有，活跃的思想；我们放飞，生活的理想；用生命挥洒男儿的热血，用阳光翻阅巾帼的飒爽。

那些年的风雨，格外豪迈，吹落在我们身上，别样的爽快；那些年的阳光，格外灿烂，照耀在我们脸上，别样的青春。

生命的绿色中，有种缘，源于相遇和相知；生命的历史中，有种情，源于血与火的洗礼；有缘有情，无怨无悔。

军　人

军人，是一群铁血的雕塑，毅然挺立的民族脊梁；最知道八一军旗的庄严与神圣，最懂得军营熔炉的内涵与精神。

军人，是一柄出鞘的利剑，狭路相逢的必胜勇气；最知道沙场点兵的自信与威武，最懂得驰骋千里的惊心与动魄。

军人，是一种整齐的步伐，风雨高歌的雄浑方阵；最知道军中男儿的铁骨与柔情，最懂得军中姐妹的亮丽与潇洒。

军人，是一张黢黑的脸庞，剑胆琴心的男儿情怀；最知道儿行千里的担忧与牵挂，最懂得遥望家乡的思念与期盼。

军人，是一抹憨厚的微笑，担当道义的宽阔胸襟；最知道战友之情的特殊与珍贵，最懂得流动军营的走留与得失。

军人，是一腔报国的热血，伏虎降龙的英勇战士；最知道军旅歌曲的激昂与嘹亮，最懂得军旅年华的无悔与自豪。

心中的红帽徽

从军二十多年，先后穿过三款军装。记得刚到部队时，干部与战士的军装，只是四个兜与两个兜的区别；"一颗红星头上戴，革命的红旗挂两边"，习惯把红领章、红帽徽称为"三点红"；至今仍然觉得，那是军人最朴实的标志，是军旅最初始的见证。

在童年、少年时代，人们穿着的衣服，大都是蓝色、灰色和黑色；如果谁有一套军装，那是很神气的，如果谁军帽上还有一枚红帽徽，那就更牛了。邻居家的大哥哥们陆续当了兵，有了属于自己的军装和帽徽，让我好生羡慕；我哥哥当兵回来探家，送给我一枚红帽徽，我欣喜若狂，经常拿出来向小伙伴炫耀，也许是受我哥哥的影响，大学毕业选择了部队。

那时在部队，发领章、帽徽是个庄重的仪式，标志着地方青年向军人的转变，个个精神抖擞，以严整的军容，聆听首长的谈话，等待庄严的时刻；当首长把象征荣誉的领章、帽徽递到手里时，心里感到激动、骄傲和自豪，终于成了名副其实的军人。

从把红帽徽戴在头上的那刻起，我迈出了军旅的第一步，军号声、口号声在脑海里回荡；我把军人的责任扛在了肩上，始终牢记自己是一名军人，把青春年华、满腔热血献给了钟爱的军营；红帽徽不仅戴在头上，而且镶嵌在心中，伴随我从军的路，见证了我军旅的足迹，凝结了我对军营的深深眷恋。

军中酒缘

上大学时并不喝酒，没想到二十多年的军旅生活，跟酒结下了难解情缘。

记得到部队报到的那一天，兵站政委听说分来个地方大学生，心里说不出的高兴，吩咐炊事班宰了一头羊，买了一桶苞谷酒；羊肉在滚锅里翻腾着，战友们大块吃肉大碗喝酒，我经不住大家一再劝酒，硬是将那一大碗白酒灌入胃中，那天醉得人事不省。

在后来的日子里，几个没成家的战友，时常凑在一起"海喝"，虽然谈不上风雅，酒的质量也说不上好，但彼此间不劝酒不压酒，喝得随意、坦诚、舒畅，有什么烦心事、掏心话也都说说。

当兵的人，其实就是一群离人，远离家乡，远离父母，远离亲戚；一群离人是孤独的、寂寞的，但又总是活泼的、融洽的、豁达的，乡愁也就在嬉笑怒骂中淡化了。

当兵的人与酒结缘，大概因本色相近；酒是壮怀激烈之物，可壮人胆识、鼓人士气；出征前，要喝酒壮行；胜利了，要喝酒庆功；即便没有战事，当兵人心中也有硝烟，把酒作为一种精神对待，养兵千日用兵一时，养的用的就是那股英雄气概。

随着年龄的增长，酒喝得少了，却时常怀念老友之间围炉而坐的情景，两樽热酒，一种心境，不愠不躁，谈笑间既有意气风发、指点江山的豪情，也有说年轮、道沧桑的情怀。

忘年交

如果有人问我，在部队二十多年里，印象最深的领导是谁，我会毫不犹豫地回答：我的老政委。

我和老政委之间是"忘年交"，他对我有知遇之恩，虽然在年龄、辈分上有差距，但因志趣、爱好、价值观相近而投缘。

刚到部队时，老政委是政治部主任，他对读书人很尊重、很关心，亲切地称我"秀才"；我在政治部工作时，时常熬夜赶材料，他见办公室灯光还亮着，会遛过来看看，安排人弄些吃的，有时还丢上两条烟，对于"爬格子"的人来说，心里感觉暖暖的。

那些年，部队的首长在我印象中，有豪气的不少，有才气的并不多；老政委当过昆后宣传处长，既能讲又能写，而且风趣机智，我从心底敬佩他，把他当作良师益友，从他身上学到了不少管用的东西。

我和老政委之间，看重的是那个"品"字，欣赏的是那份内涵，喜欢的是那份坦诚与随和，在一起谈得拢、谈得投机、谈得愉悦。

老政委现在退休了，但我们时常有联系，相聚时谈笑风生，独处时常怀思念。

成长的韵致

成长，不只是身体的成长，更是心灵的成长，精神的成长，理想的成长。

曾几何时，我与一茬又一茬士兵生活在同一座军营，每天都能透过办公楼明亮的窗户，看见他们矫健的身影，听到他们震天的吼声，感受到他们追撵人生倥偬的步履。

年轻的士兵，无论是认真的姿态，还是顽皮的举止，都是一首诗、一首歌，一个令人追想不已的梦，都洋溢着只有青春年少才拥有的风貌和韵致。

军营生活看似平淡，细细品味，却有韵味、有深意、有嚼头；一身平实的军装，新兵入伍时穿着肥大，憨态可掬，脚步零乱；经过一次次训练和摔打，肥大的军装渐渐合身，零乱的脚步变成整齐的步伐，瘦弱的身躯变成健壮的体魄，追慕流行音乐变成喜欢嘹亮军歌。

　　所有的一切，都标志着他们长大了、成熟了，比地方的青年多了一份吃苦，多了一份责任；都意味着风霜雨露、春华秋实，都渗透着艰辛和汗水、悲伤和喜悦、疲惫和轻松、平凡和超越，经历了难忘的心灵跋涉和精神蜕变。

　　成长中，他们正在选择自己的命运，正在书写自己的历史，生命的节奏变成了一种对家庭、对社会、对国家的允诺。

战地记忆

　　1984年大学毕业到了部队，奉命参加"两山"作战后勤保障，在前往西畴新街报到的路上，挤满了军车、民用车、牛车马车，沿途都是土路，到处坑坑洼洼，只能走走停停。快到目的地时，发现路上民用车少了，牛车马车也不见了，看到的是一辆辆捂得严严实实、呼啸而过的军车，那溅起的泥水泼在行进中战士的身上、脸上，他们眼睛都不眨一下，越来越多头戴钢盔、肩佩特殊标志的战士，警惕地守在各个交叉路口，让人警觉到一种严峻。

　　报到后还没来得及休整，就立即投入到紧张的训练执勤、搬运弹药中去，每天执行任务下来，骨头像散了架似的。然而，当慰问演出、部队集合、拉歌比赛时，会为如潮的歌声激动和振奋；那歌声不是唱出来的，完全是吼出来的，是发自内心的吼，是朴实无华的吼，是地动山摇的吼，不讲究音色和技巧，却十分注重气势，吼出军人的雄壮与豪迈，吼出部队的性格与士气。

两次陪首长上主阵地老山，艰苦的环境和生活，给我留下了深刻的记忆。印象最深的是"猫儿洞"，就是注视动向、抵御反击、又小又窄的临时掩体，站不能站，躺不能躺，只能像猫一样蜷缩、蹲守在那里，饿了啃几口压缩饼干。热带雨林潮湿，洞里四壁渗水，蚂蟥蚊虫叮咬，战士浑身汗臭，不少战士还长了疱疹，有的甚至烂裆；赤裸上身的战士满身稀泥，那分不清五官的脸上，仅露出洁白的牙齿和转动的眼睛，那让人心疼又让人悲怆的模样，永远雕刻成塑像，耸立在我心中。

"也许我告别，将不再回来；也许我倒下，将不再起来……"一曲《血染的风采》，在当时的"两山"前线，成为军人最喜爱的歌。那些逝去的生命，化作炮火洗礼的老山兰，傲然盛开在山岩上、丛林中，成为南疆红土地的忠骨。那些从"两山"脚下往主峰延伸的路才是天路，战友们用鲜血和生命铺就的天路，让活着的人站在他们的肩膀上，瞭望彩云之南，瞭望大好河山。

寻访革命圣地

娄山关 先前读过毛泽东的词《忆秦娥·娄山关》，却不知娄山关具体位置在哪里，前不久，带部队报告团去黔北巡回演讲，才知道娄山关在遵义。

娄山关，有"一夫当关，万夫莫开"之说，是遵义往北去桐梓必经的交通要道。关口矗立一块石碑，"娄山关"三个大字异常醒目，只见两壁夹立、中露天光、青林翠竹；如此幽奇险峭的风光，居然只有我们几个战友欣赏，觉得有些奢侈，又感觉有些惬意。

一块巨大石碑嵌入岩壁，上面镌刻着毛泽东手书的《忆秦娥·娄山关》，俨然相望，蔚为壮观。拾级而上是小尖山，顶峰有当年黔军修筑的碉堡残痕，山势险要，易守难攻；远处云雾缭绕，山峦若隐若现，抚碑望众山，峰峦耸云霄，听松涛飕飕，茂林满山涧。

山上有一块平地，屹立着张爱萍手书的"娄山关红军战斗纪念碑"，如两柄刺向天空的利剑，上面党旗浮雕、气势浑厚，两侧青树碧藤、山花烂漫。"西风烈，长空雁叫霜晨月，霜晨月，马蹄声碎，喇叭声咽。"我默诵着伟人的诗句，采一束鲜艳的夹竹桃，轻轻放在纪念碑台阶前。

夕阳西下，脑海里浮现一幅画面：苍山脱去负重，一声声马蹄，凝重而铿锵，踏响漫道雄关；残阳铭记红军，一滴滴鲜血，苍凉而浪漫，书写涅槃再生；那红色的血，变成一粒粒火种，点燃遵义城楼的朝霞；那草色的根，变成一行行诗句，抒发伟人豪迈的情怀。

遵义会址 去黔北部队巡回演讲，寻访了我党历史的重要转折点——遵义会议会址。那幢坐北朝南、临街而立的两层楼房，曾是黔军军阀柏辉章的旧宅；1935 年 1 月 15 日至 17 日，在那里召开了政治局扩大会议，改变了红军的命运，改变了党史的进程。

主会址南面，有一座砖木结构平房围成的小院，红军攻占遵义后，总部第一局机要科设在那里。走进那间屋子，仿佛还能听到老式发报机的嘀嗒声，向红军各部传递中枢的脉搏，接收各方的声音，然而却听不到遥远的共产国际的声音。

1934年10月，上海中央局被破坏，损失一大批电讯器材，中央苏区与共产国际的电讯联系中断，谁也没有想到，正是这次联系中断，促成了我党历史上一次大的变革。与共产国际失去联系是偶然，但这次偶然，却让我党接受了一个必然性真理：一个政党，必须实事求是、独立自主，才能称得上真正的政党。

湘江之战，红军从八万多人锐减到三万余人，对博古、李德的军事指挥产生了怀疑。1934年12月，在黎平召开的政治局会议上，否决博古、李德的错误指挥，采纳毛泽东进兵贵州、建立川黔边根据地的建议。正如毛泽东在"七大"期间谈及的那样："如果没有洛甫、王稼祥两位同志从第三次'左'倾路线分化出来，就不可能开好遵义会议。"

遵义会议主会址，那间不大的会议室，二十张藤椅围放着，会场中依然能嗅到当年的硝烟。会议的主要议题是，总结第五次反"围剿"军事指挥的经验和教训。时任党的总负责人和军事"三人团"成员的博古作了"主报告"，将失败归结为敌军强大、我军弱小等客观原因。时任中革军委副主席、红军总政委的周恩来作了"副报告"，认为军事指挥的错误应负主要责任。

张闻天在"反报告"中指出，"左"倾军事路线及指挥错误，是第五次反"围剿"失败的主要原因；批评了博古的重大失误，拱手让权给李德，破坏军委的集体领导，给红军造成巨大损失。毛泽东在发言中，分析了"左"倾军事路线的症结："先是冒险主义，继而是保守主义，然后是逃跑主义。"王稼祥在发言中，明确支持张闻天、毛泽东的发言，要求取消博古、李德的军事指挥权，解散"三人团"，提议毛泽东出来指挥红军。

在朱德、刘少奇、陈云和各军团负责人的发言中，纷纷支持张闻天和毛泽东，出现了"一边倒"的态势。会议最终做出五项决定：一、选毛泽东为常委；二、指定洛甫起草决议；三、常委适当分工；四、取消"三人团"，朱德、周恩来为军事指挥者，周恩来为军事上最后决定的负责人；五、肯定了毛泽东同志的正确主张。

韶山出了个毛泽东 韶山冲，三面环山，碧峰翠岭，茂林修竹，朴素庄重，灵秀峻伟，凝聚在"石三伢子"少年的梦里。

上屋场前的池塘，见证了您躬耕苦读的时光；水中的月光，辉映了您挑灯夜战的身影。

您在史书里寻找途径，在智慧中获取答案；您为中华悠久的历史骄傲自豪，为华夏近代衰落暗自神伤。

翻开那本《毛氏族谱》，满是泥土的气息；您这地道的农家子弟，成就常人不可及的辉煌。

您从乡关出走，上海建党，挥师井冈，长征北上，延安著作，西柏运筹，雄师过江，走进紫禁城，登上天安门。

您像巍峨昆仑横空出世，震得周天寒彻、天倾一方；您似展翅鲲鹏水击千里，搅得四海翻腾、五洲震荡。

您凭一股尖椒的辣劲，将一口湘音喊彻四方；您将古老民族领入世界殿堂，让那些洋人投来诧异目光。

您用水滴石穿的毅力，书写当代人生的传奇；您用锲而不舍的精神，涅槃浴火重生的凤凰。

您爱书如命、手不释卷，这才有您敢问苍茫的勇气、还看今朝的胆量，这才有您思如泉涌的诗情、卷帙浩瀚的文章。

您恪守清贫，清贫得让人难以置信；您甘愿艰苦，艰苦得令人寸断肝肠；这也许是您所向披靡的成功秘籍，战无不胜的浩然力量。

您是叱咤风云的英雄，面对敌人铁石心肠；您是大慈大悲的观音，对待百姓菩萨心肠。这就是共产党领袖的风采，这就是共和国元首的形象。

沂蒙山区，还传唱着那熟悉的小调："蒙山高/沂水长/……我为亲人熬鸡汤/续一把蒙山柴/炉火更旺/添一瓢沂河水/情深意长//愿亲人/早日养好伤/为人民/求解放/重返前方……"

深情的回望，沂蒙山红嫂；在那硝烟弥漫的年代，是你用甘甜的乳汁，喂养负伤的战士；是你用热乎的鸡汤，挽救垂危的生命；是你用柔弱的臂膀，托起沉重的浮桥。

痴情的寻找，沂蒙山红嫂；在那枪林弹雨的岁月，是你带领姐妹，一车车弹药，一筐筐红枣，一摞摞煎饼，一双双布鞋，保障前线，夺取胜利。

沂蒙山红嫂，你凝聚着舐犊之爱，传颂着鱼水之情；你是一尊嫂子的群像，一部红色的经典；你是一个时代的符号，一座历史的丰碑。

滇西抗战

在尘封的岁月里，寻找远征军的足迹；在历史的遗骸中，猜想远征军的坚强；青天白日只是当时的符号，艰苦卓绝才是民族的脊梁。

密支那、曼德勒、腾冲、松山、龙陵，普通的名字，因为远征军，平添了传奇色彩；卫立煌、杜聿明、戴安澜、孙立人，响亮的名字，因为滇西抗战，载入了中华史册。

几十万大军，血战在滇缅战场；蝎子、毒蛇、蚂蟥、时时觊觎生命；瘴气、疟疾、断粮，日日吞噬身躯；野人山留下殒命尸骨，原始森林生长困苦绝望。

"生为中华军人，死为中华雄魂"的远征军将士，彻底撕碎了入侵者东进的狂妄野心。戴安澜将军在垫后的突围中，腹部中弹，溘然长逝。沿途数万群众潸然泪下，送别英雄，毛泽东赋诗称颂"海鸥将军"。

腾冲保卫战，一座千年侨乡，变成了倭寇的坟茔；乡民咬着牙，亲手点燃百年祖屋，为的是把东洋鬼子一同烧死；远征军将士奋勇作战，挥舞大刀，抢起石头，与入侵者搏命厮杀，同归于尽。

怒江畔的松山，以最惨烈的炮火成为抗战经典，时至今日，掘地三尺，仍能找到弹壳、钢盔、尸骨、导火索，以及锈蚀的枪炮，闻到浓之又浓的火药味、血腥味。

滇西抗战，以创造苦难的方式，拯救民族的苦难；以抗击残忍的方式，结束日寇的凶残。这是一段不能忘记的苦难历史，一种屹立在滇西高原的大国之魂。

远征军将士的忠骨，给滇西这片彩云守护的红土地，雨露滋润般注入了丰厚的钙质，让生命茂盛生长。精气神合成的钙质，从抗日阵地传承下来，交给子孙揣在贴心的夹袄里铭记，这是一个民族自尊自强的救心丸。

书香笔韵

闲话读书

小时候逛书摊，不爱看连环画，爱读文字，因为画是人人都可以看懂的，文字只有聪明的孩子才可以读下来，后来就不看画了，只读文字，我就是读下来的一个。

年少时读书，大都是读一些语录，背诵得极快，却读不出其中的好来；喜欢读一些名言警句，一些名词前面加好几个形容词的句子；后来读了一些名篇、名著，语言都比较老熟，自己也变得深刻了一些、雄辩了一些。

人难免有耍小聪明的时候，一本书不读会被人笑话，偷懒的办法是读大家都读的书，那些书容易被人提到，一提起，自己也有几句话说，显得有学问；再就是，读人家没读过的书，提起来没人知道，显得更有学问。

对我影响比较大的书，大都是年轻时读的；那是一个容易受影响的年龄，那是一个精神初恋和崇拜的年龄；年轻时着迷的书，大致喻示了我的精神类型，决定了我的精神走向。

随着年岁月的增长，书对于我很难有那般影响力了；再好的书，我都保持一定的距离，或许是自己的心智已经成熟，或许是自己的感情已经迟钝。

过去书少的时候，往往能从一本书中读到许多东西；如今的书愈来愈多，从书中读到的东西却愈来愈少。读书犹如采金，有的人沙里淘金，读破万卷，小康而已；有的人点石成金，随便翻阅，便成巨富。

我对书的喜欢甚于它的作者，作者常把自己最好一面变成书，有点像照相，总愿给别人一副看得过去的仪容，人其实很难有一刻脱俗，书倒可能雅上一回。

喜欢上一本好书，总会多读几遍：第一遍囫囵吞枣读，叫解馋；第二遍静下心来读，叫吟味；第三遍逐字逐句读，叫深究。

相对于读经、史、子、集之类的"正书"，我更喜欢读琴棋书画、趣闻逸事之类的"闲书"，从中可见出作者的真性情、真见解、真学问；人的精神世界是丰富多彩的，需要从赏诗、观画、品茶等爱好中，汲取必不可少的养分。

书多半是读着玩的，读一种新鲜，读一种情趣，读一种韵味；若读书的同时，还想着"黄金屋""颜如玉"之类的事，那就是痴人说梦了。

人生是鲜活的，从不固守在书里，写股票的人炒股折了本，论婚姻的人自己离了婚。鲁迅说：人生识字糊涂始。识了字的糊涂，恐怕就是读书读出来的。

我庆幸自己识了些字，可以贪婪地吸取书中记载的文化，要不然生活会乏味，情人会衰老，会看得漠然，书却永远是年轻的；爱读好书，就像爱读好女子一样，有一种特殊的亲近感。

与书为伴

　　我的工作和生活，大都与文为伍、与书为伴，读书很有限，但平心而论，读书是我人生的主线，伴随我的人生岁月，没有书便不能很好地工作和生活。

　　我的读书过程，大致经历了三个阶段：童年、少年时期，产生兴趣、寻找出路的阶段；青年、壮年时期，工作需要、主动阅读的阶段；中年以后，以书为友、以书养性的阶段。

　　我阅读的书，大体有四类：哲学著作，古今中外的名家名著读过一些；专业书籍，干哪行学哪行；人文历史，涉及人物传记、诗词歌赋、中外史料；闲书杂文，业余时间，随意翻看，找点乐趣。

　　虽然读了一些书，但总感觉有欠缺，在读过的书中，中国的多，外国的少；历史的多，当代的少；人文的多，自然的少。书山有路，学海无涯，读书越多越感觉自己无知。

读书好比喝茶，随时都在喝，很平常的事；但喝的时间长了，就悟出了一些道理，理出了一些关系：

读与思的关系。孔子说："学而不思则罔，思而不学则殆。"一味学习而不思考，就会失去主见；一味思考而不学习，就会一无所得。只有读与思结合起来，才能得到真学问、真见解。

厚与薄的关系。书不能越读越厚，要越读越薄。一个大气的读书人，总是观其大略、抓其要点，掌握书中的精髓和智慧，不会过分去寻章摘句、咬文嚼字。

精与博的关系。一个人的精力有限，不可能什么书都读，有些经典应该通读、深读，大量的书可以浏览，可以读简本、看光盘、听讲座，知道大概就可以了。

学与用的关系。读专业书对业务有用，读文史哲对丰富头脑、积累经验、做好工作更有用。比如名人伟人的传记，不管是辉煌还是低谷，都会给人启发和思考。

知与行的关系。知行合一，知易行难；读书不只是"知"什么，重要的是"行"什么；读一本书，修一段行，给人的性情、修养带来些变化，就很了不起了。

书魂茶魄

文化人，以书为魂，以茶为魄；书香茶醇，厚重而简约，内敛而平和。十分魂魄三分闲，春秋笔法四季间；紫砂壶中煮日月，书香茶味入罗衫。

智者的羽扇纶巾，佳丽的菱花小镜，学子的长夜明灯，商贾的楼堂店铺，少了那册书，就难得雅致；少了那盏茶，便了无情趣；书香成就了骇俗歌赋，茶雾缭绕了人生沉浮。

读书时，养成了饮茶的习惯，一杯茶放在案头，热气缭绕，如笔墨纸砚一样有气氛；书读到哪里，茶就端到哪里，时间长了，书成了魂，茶成了魄，没书不能消夜、消周末、消假日，没茶不能心安、气定、久坐。

读史书，如交渊博友，端直方正；读传记，如交沧桑友，度年如日；读诗词，如交风雅友，草木皆入情思；读小说，如交诙谐友，阅尽人间趣味事。

不喜欢读一本正经、语言乏味、观点老套的书，喜欢读那些随性率真、文字滑溜、见解独到的书，比如说，古人的书牍、名家的书话、文人的小品、逸闻的典故、禁书的考释，还有闲文、古玩、字画之类。

读书在淡、在悟、在得，品茶也带点禅意、淡泊、明志，读书像是"苦行僧"的样子，痴迷打坐，念念有词，渐渐入迷，书瘾茶缘，像董桥说的那样，中年是下午茶，"搅一杯往事，切一块乡愁，榨几滴希望"。

茶静心、戒躁，读书伴茶，正得其妙；书中情，茶中味，书借茶气，心随情动，可得妙思；文中情，文外意，都在茶中，不求浓，不求酽，只去杂、去浮、去虚，唯求静、求淡、求真。

梦里说史

秦始皇，没什么不朽，狼的野心，让人疯狂，一次夜宵，就吃掉了六国。不要拿仁义说事，焚书坑儒，纸上文章全是叛逆，杀死你们，只用一枚钱币或一个车轮。坑是你们自己挖的，至于长城、阿房宫，也绝不只是面子工程。

司马迁，躺在竹简上的人物，哪个是我的前世，你手中的笔，远比刀子锋利，切掉一段历史。即使你书中的人物，在我身上复活，并不一定就满身清香，因为昨天烧开的水，未必能泡开今天杯子里的茶叶。

三国，天下江山，分分合合；你曾多次，向我下达战书，或火烧赤壁，或围剿空城，甚至不惜草船借箭。我也暗度陈仓，七出祁山，但最后还是身中埋伏，败走麦城。我扶不起阿斗，更不会轻易向别人俯首称臣。

武则天，呼风唤雨，把江山翻过来坐；男人是一个酒杯、一把弓箭，笑容背后是陷阱。平身吧，你们的口水，杀死了多少羊羔。文人手中的笔，端不稳一只平常的饭碗。虽然腰身细小，同样能转动乾坤。

忽必烈，像汗血宝马，最优良的基因，来自牧草的根部；马背的营盘，一路奔驰到海岛。挥鞭，天地一片广阔；弓箭，在天空留下一道吻痕。肥胖其实一样很帅，脂肪燃烧之后，吐出一条光彩夺目的河流。

刘伯温，天才与阴谋家，在老虎身边争宠，命运悬在一把剑上，而头脑却镀了一层白金。天下是心中的一本棋谱，过去或未来，都暗藏于精心排列的斗数。江山难守，人心难测，略施计谋，就能掀翻一把龙椅。

心魂的文字

　　或许最初识字的时候，只是为了谋生，没想到与文字打交道却上了瘾，不知不觉间把自己的心也交给了文字。

　　文字，是心灵的独特气质，是心灵看不厌的风景，是写作者走不出的伊甸园；文字，记录了人生的迷茫与冥想、欢乐与痛苦、诱惑与坚守。

　　文字，因心因魂而美，有些文字像年少一般欢快，在草地上打滚；有些文字如秋天一样美，安静中透出灿烂；寒冷的星夜，写一段文字取暖。

　　人生多少来了又走的故事，静静地留在内心里；开始是喜悦，后来是忧伤，再后来是喜忧参半；用文字记录喜忧交集的瞬间，感觉自己的生命如此真实地活着。

　　追寻文字，也是在找寻一种人生的懂得；每个人心底都有痛，不说不代表不痛，说了也许痛会减轻；每个人生活的方式都不同，选择写作，也许是选择一种宁静的生活。

偏爱文字不需要理由，就像喜欢纯粹的、美好的东西一样，因为和它在一起，心灵是放松的、舒适的，是毫无保留、毫无戒备的。

一个人的文字，大多是内心的感受、灵魂的感触，往往涵养了人生的阅历、心灵的体味和思想的境界；有的人用文字将内心的痛苦烧成灰烬，萌生出淡淡的悲喜。

弄文字不是为了某种利益，而是寻求值得心灵寻求的东西，借用文字抵达那些心灵未曾去过的地方，抵达那些超越俗尘的圣洁的地方。

有一天突然发觉，现在和从前不一样了，我们的心固执地停留在那个从前里，不是因为恋旧，而是因为那些旧的东西，的确散发出不一样的味道。

时光不会抛弃人，只有人会抛弃时光；将人生的起起落落、岁月的点点滴滴，放在一段文字里品味，洞彻内心的情感，体察灵魂的况味。

人往往在一瞬间成熟，或在一瞬间变老；心灵最深的角落，是岁月残片的掩埋；哭的笑的都在那里，悲的喜的都在那里，滚烫的冰冷的都在那里。

留不住时光，却可以用文字留住记忆，留住记忆里那些零星的碎片，回味那些聚了又散了的一切；在文字里，与那些依依不舍的情感道别。

那些在指缝间悄悄溜走的时间，像细细的沙，攥不住；当挥手告别一段旧岁月的时候，内心充满了复杂的难以名状的感觉。

文字，灵魂的伴侣；灵魂里的褶皱，可以用细腻的文字熨平、舒展。文字，像掌心接住的一朵雪花，瞬间融化在心灵的温度里；文字，像指尖滑落的一粒水晶，在闪耀的光泽里，照见心底的哀愁。

世上许多东西都留不住，那些想留却留不住的东西，只能在心底珍藏它的影子；那些参与你成长的人，无论给你留下的是一块伤疤，还是一抹难忘，都要感谢他们出现在你的生命里。

当有一天，相遇的人不再相逢，离去的人不再归来，那些文字里的惦记，会一直在那里驻留、回味和感动，用心守望那段曾经的岁月。

玉质文章

　　著名美学家宗白华先生说过，中国文学大体上分为两路：一路是金派，咄咄逼人，急功近利，转瞬即逝；一路是玉派，含蓄蕴藉，谦逊雅静，尽得风流。他称庄子、苏轼的诗文为"玉质文章"。

　　玉有光却抑光，看得见温润，却看不到耀眼，这是君子的味道，既有才华，又有隐藏。可进可退，可朝可野，可收可放，近于中和之美。

　　文章的装饰，很多时候是心虚的表现，试图用外在的华丽掩饰底气的不足。文章的朴素，不求外露，大美隐内，肚子里有货，不必任何花哨和噱头，文字真挚，宛如从心里流出来的。

　　"玉质文章"是一种大美，一种原始、自然、朴拙的美，朴素中蕴含平凡的美丽，如深山百合、空谷幽兰，宁静淡泊，静静地开，淡淡地谢，一切顺其自然。

离尘世越远，离天然越近；离物质越远，离精神越近。人生的乐趣，莫过于心无尘埃，活得自然，简单快乐，正如庄子所说"朴素而天下莫能与之美"。

诗的性情

　　诗的性情，是复活文字、唤醒感觉，通过文字的巧妙搭配，把情绪翻译成意象。

　　情绪很难用文字表达，直白的文字，要么一般化，要么极端化，抹杀了丰富细腻的情感，看起来不是空洞，就是浮夸。

　　诗是女性的，哲学是男性的；没有诗，哲学就只会枯燥地发空论；没有哲学，诗就只会絮叨地拉家常。

　　诗似酒，属感性；哲学似茶，属知性。酒和茶都是壶中之物，一手斟酒，一手品茶，倒出的是情义、雅趣和韵味。

　　诗的最大优点是凝练，惜墨如金，舍弃了一切过渡，断裂，浓缩，结晶，闪烁着奇异的光芒。

　　诗应当单纯，而不是简单、浅显，单纯得像一滴露水，似少女的眸子。太复杂了，思维就会喧宾夺主，挤掉了感觉。

诗是找回世界的第一瞥，使平淡的事物，回复到好奇的初生状态，解除因熟视无睹而产生的惰性。

诗无朦胧诗和清晰诗之分，人的感觉和情绪原本就朦胧，清晰是逻辑化的产物。朦胧不是刻意求晦涩，晦涩的诗往往并无真情实感。

诗贵在朴实、自然，任何卖弄、显摆，任何标新立异的词汇、语调，都是小家子气。

我不知道写诗有何诀窍，也许最大的诀窍就是别把自己看成诗人。诗人的灵感多半得自女人，可真正懂得诗的往往是男人。

我的散文观

在所有的文学作品中，我对散文可谓是情有独钟；喜欢品尝那宁静、清幽、淡雅的味道，喜欢徜徉在那"清水出芙蓉，天然去雕饰"的世界。

这些年，在散文写作中，有一些随想和感悟，梳理归纳为八个字——率真、随性、淡然、练达，也算是我为文追求的几种境界吧。

所谓"率真"，是胸中保持一颗童心，如未曾入世的处子，透出一种天真、本真，人性中最好的颜色是初衷，用最初的"真"来触动人。散文描绘的日子是真切的，那里有斑斓的童年，有故乡的小河，有温暖的亲情；那里有可以依靠、落泪的臂膀，有可以任性、耍赖的家，有饱含挫折与成就、忧伤与喜悦的滋味。

所谓"随性"，是写散文的一种闲散心境，好比泡上一壶茶，翻开一本书，走进一条巷，遇见一些熟悉或似曾相识的人，漫不经心、不疾不徐地聊着、看着、走着。"随性"不是随便，不是不着边际的涂抹，让人看后一头雾水；也不是追求什么效果或高度，而是在"性之所至"中，让文字跟着"性情"走，在不经意间，使文字的意韵自然、悠然地流露出来，让人在"形散"中感觉"神不散"。

说到"淡然"，是为文的心态，主张以恬淡的心态、文字，观察、描述人、事、物。散文最讲究味儿，淡是生活的原味，不要用酸甜麻辣损坏了原味。林语堂有一妙喻："只有鲜鱼才可清蒸。"淡是清风明月，是本色呈现，随手拈来成雅趣，从容漫笔著文章。亦庄亦谐，虚实相生，浓淡相宜，把话语说到近俗，把文章写到似平，才是散文的格调。

谈到"练达"，是相对率真而言的另一种境界，"人情练达即文章"，是对人、事、物透彻的理解、从容的把握。只有率真而无练达，任情感泛滥，文字就会缺乏深度；练达有余而率真不足，文字又会变得圆滑。一部《红楼梦》通篇真情流露，"满纸荒唐言，一把辛酸泪"；又蕴涵哲理，"都云作者痴，谁解其中味"。既心无诡诈，又胸有准绳；既感情浓烈，又洞明世事；既能深入进去，又能超脱出来。

写作杂谈

对于汉字，我有一种亲近感，亲近的最好方式就是写作了；当汉字在自己的手中捣鼓，变成一些活泼的句子，或者一些精彩的段落，或者一篇好的文章，心里是很满足的。

汉字是一种非常有魅力的文字，是一道不可穷尽的路程，永远地走，但永远没有尽头，可以满足永远攀爬的欲望。

写作所表现的，其实不是纯粹的客观世界，其中渗透了我的思想、观点和感情；写作不只是记录，仅是记录的话，写写日记就可以了；生活现实得很，没有想象和理想，写作恰好赐予了我这些。

当生活的贫乏露出它的底色时，能够做的就是重建另一种生活，从生活里逃出来，做一次梦，打一个盹，放一次风，度一次假，在这样的日子中，人才会欢喜起来。

写作是一种感受，感受世间的繁华，感受人情的冷暖，感受岁月的沧桑；写作是一种体验，体验苦涩后的回味，体验冥思后的放松，体验苍老后的年轻。

文字的成熟，实际是人的成熟，人成熟了文字才有境界；不仅是知识、才气、学养的流露，更重要的是生活的历练、精神的锻造，乃至于逆境的冲刷、苦难的洗礼。

写作要有实事求是之心，好好说话，让人家能看懂，能认可你说的道理；写作最好平淡一些，不宜夸张，下笔重了，会喧宾夺主；那些被人熟记的比喻，要警惕"陈词滥调"化。

写作并不是件困难的事，因为陌生、障碍或胡吹，才显得神秘和高深；能把一句话说好，却不能写好，那是没有道理的事。

有的人不写诗，但他过的是诗意的生活；有的人写诗，但他过的是俗气的生活；学会浮华只需一年，自觉地朴素需要一辈子。

怀念大学时光

二十世纪八十年代初，我们一起考进川大，"锦江的晨风向你问好，望江楼的夕照把你盼望"，那句亲切而经典的欢迎词，至今还清楚地记得。

走进川大校园，那条笔直的林荫道，那些洒满落叶的小路，那一幢幢紫红色的教学楼，还有荷花池畔那琅琅的读书声，都深深地映入我的脑海。

那时候，大学称为"象牙塔"，能考取大学实属不易，学子们很自豪，也很刻苦，只争朝夕地抢回失去的时光，课余时、节假日，教室、图书馆都是坐得满满的。

从物质生活上看，那时比不上现在，但精神生活上是充实的、富有的；一间寝室住八个人，床头上支块木板放书，室友们挤挤挨挨却很快活；大家晚自习回来，谈论多的是读了哪些书，尼采、萨特、黑格尔的，孔孟、朱熹、王阳明的，不一而举，有时为了一个问题，争论探讨至深更半夜。

那时的大学生，关心哲学和诗歌，关注人生和社会，思考现实和将来；那些腋下夹着书本、怀中抱着吉他、嘴里哼着校园歌曲的学子，那些囊中羞涩，却心忧天下、以思想为荣的学子，用满腔的热忱温暖了灵魂，以睿智的语言点亮了人生。

回想那时真好，那是一个充满朝气和希望的年代。现在的大学，建筑比以前漂亮了，却少了一些氛围；有就业的压力，变得更加功利、实际了；那些终极的关怀和追问，会被人认为痴人说梦；学生开始适应规则，反思、质疑的精神少了，大学生像一个弱势群体，面对严酷的现实，变得无奈、焦虑、迷惘起来。

人生况味

爬格子的滋味

诗意栖居

闲情逸致

旅行的趣味

似水流年

秋境

爬格子的滋味

从参加工作那时起，就与"爬格子"结下了不解之缘。如今虽然不用笔在稿子上，像蜗牛那样缓慢地"爬"了，但还是面对电脑屏幕孤寂清苦地写，每当想起二三十年"爬格子"的经历，苦辣酸甜的滋味涌上心头。

爬格子的"苦"。爬格子是件苦差事，谁都不愿干，虽说不是做工种田那种苦，却是一种搜肠刮肚、抓心挠肝、咬文嚼字的苦。春夏秋冬，日复一日，昼夜鏖战，没有鲜花掌声，只有孤影做伴。爬格子的苦在于"难产"，一篇文章，冥思苦想，反复琢磨，不仅需要一定的知识和技巧，还需要一定的经历阅历，更重要的是苦中作乐、锲而不舍的精神。

爬格子的"辣"。起草文件、领导讲话、汇报材料等重要文稿，是一种命题作文，时间紧，要求高，从主旨、提纲、主要观点到基本内容，都有具体的要求，都有领导的意图。写出初稿后，进入"过关"程序，过不了关，还得重新写或继续改，直到领导满意为止。过关的过程，伴随着面红耳赤、心理煎熬，有时甚至是冷嘲热讽。

爬格子的"酸"。随着经验的积累、水平的提高，成了"笔杆子"，名气大了，能者多劳，领导安排、上门求助的事就多了，白天琐事缠身，晚上还要改稿。凡帮人润色的演讲稿、政论稿，只要抽得出时间，都尽量不让人家失望。有的人职位提升了、文章发表了，我既不得利也不得名，为别人做嫁衣，心里的辛酸只有自己清楚。

爬格子的"甜"。每当看到自己的文字变成红头文件、见诸报端、编辑成书，便会感到欣慰和自豪，那是耕耘后的收获、精神上的奖赏，会激励我心甘情愿地付出和奉献。爬格子砺炼了我，是我事业的起点，也是我成长的摇篮，从繁重的任务中体验了快乐，从个人的进步中感受了快乐。

避苦求乐是人性的自然，多苦少乐是人生的必然，化苦为乐是人生的超然。在城市的喧嚣和浮躁中，爬格子也许是我今生不愿放弃的乐趣，只有在文字的世界爬行，我才有充实感、踏实感。苦来自写作的辛劳，乐来自知识的积累。爬格子，为我平淡的人生增添了几笔有意义的色彩。

诗意栖居

人的一生应该怎样度过，保尔·柯察金有句名言"当他回首往事的时候，不因虚度年华而悔恨，也不因碌碌无为而羞耻"，这是一种执着的人生态度，一种影响几代人的精神和信念。

荷尔德林也有句名诗"劬劳功烈，然而人诗意地栖居在大地上"，他以诗人特有的直觉和敏锐，对人生赋予了诗意的诠释，这种看似无足轻重的"玄思幻想"，实际上是一种超脱的人生态度，能使人从艰难困惑中走出来。

人其实有两个家园：一个是物质家园，一个是精神家园。人的一生，需要为衣食住行辛勤劳作、不懈奋斗，只有物质需求满足了，才会考虑精神需求。从生存的角度看，人类建房与蜜蜂筑巢没多大差异，然而"诗意"才是人的感情、思想追寻的精神家园。

回顾三十多年的工作经历，无论在部队还是在地方，大都是和文字打交道。写公文，起草机关文件、领导讲话，是职业所需、以文辅政；写散文，还有少量诗歌，是兴趣爱好、以文怡情。

人年轻时很难平淡，如同走在上山的路上，多的是幻想和野心，直到领略过人生的限度之后，才会生出散淡的心境，不想再匆匆赶往某个目标，也不必再担心错过什么，下山就淡定从容多了。

我在文学上没有野心，既成不了大家，也成不了大腕。大家是学问上造诣很深的人，凭的是文火慢熬的功夫；大腕靠的是自恋、表演、炒作，把自己当成个人物，一到场面上就来情绪。无论从性格还是水平看，这些我都缺乏。

人到了一定年纪，既感慨生命的无奈，又感慨岁月的易逝；过去的事，生活的感受，时常在脑海萦绕，应该提笔写些真情实感；写作不是为了影响别人，而是为了安顿自己；岁月虽无痕，文字却有情，用文字兑换岁月，做一些梳理，留一些念想，这就足够了。

童 心

小孩儿身上，有许多大人已经丢失的东西，比如，纯真的天性，无忌的童言，灿烂的笑容，不设防的信赖……

小孩儿是最有想象力的。大人有太多的"不可以"，小孩儿却将自己的愿望视为"可以"。大人漠然的东西，小孩儿充满好奇；大人觉得不可想象的事，小孩儿却信以为真。他们相信大象会说话，圣诞老人会送礼物，孙悟空会腾云驾雾。尽管小孩儿说的话做的事有些幼稚，但总觉得比大人整天想着功名利禄要有趣得多。

小孩儿画的画是最有意思的。猫是猫狗是狗的，生动极了。大人作画讲究颜色的浓淡搭配，知道在画上留白让人想象；小孩儿作画恨不得把所有的颜色都涂上，把自己喜欢的东西都画上。大人的画讲究黄金分割、比例协调；小孩儿的画大都是信笔涂鸦，一堆乱七八糟的线条，竟敢对你说是高架桥。

　　过去总认为，大人改小孩儿的作文会妙笔生花，殊不知是非常不客观、不真实的。小孩儿有自己观察世界的眼光，按大人的思维去改，一来改得不像，二来改得死板了。我觉得，除了改改错别字，其余的就照旧，甚至病句也照旧，况且有些病句是很有创意的句子。

　　小孩儿心灵很单纯，过得也很快活。我发现，好的童话作家大都是真性情的人，他们的童话作品不仅仅是写给小孩儿看的，同时也是写给大人看的，为的是寻求在大人世界不易得到的理解和共鸣。好的童话作品，往往是值得大人好好看看的，它如一面镜子，照出了大人身上的可怜、可笑和可悲。

　　我不认为世故是成熟，童心与成熟并不矛盾，真正的成熟应该具有生长力。用小孩儿的眼光看待事物，常常会有许多新鲜的体验和独特的发现。一个人在处世上足够成熟，能够面对和处理人生的苦难，同时又能够保持一颗可贵的童心，对世界依然怀着一种小孩儿般的兴致，这样的人生才是智慧的、快乐的。

心 语

心似瓷　心和瓷有些相似，不小心就会碰碎，可能是有意的，也可能是无意的。心碎，是因为别人伤了自己的心；瓷碎，也是因为人碰到了瓷。

心原本是单纯、天真的，小孩的那双眼睛，是一汪清澈的泉水，没有一丝浑浊，童言无忌，这样的心是柔软的，可以随意塑造；瓷原本也只是一堆泥，同样也是柔软的，可以随意变换造型。

心是在经历风雨和失败，在艰难和困苦的磨砺中坚强起来的；瓷是在制陶温度的基础上，经历升温、高温、降温的熬炼中坚硬起来的。

瓷表面会有花纹、图案，可以在上面作画、题字，成为一种艺术，向人展示美。心里面也会有图案，但往往是一些私人的东西，有美也有丑，不喜欢别人看到，更不会轻易流露出来，尤其在陌生人面前。

心里的图案是珍藏着的，有故乡的山水、儿时的伙伴，笔工精细，纹饰秀雅，色泽青蓝，带有怀念而不能复还的忧郁，也有成长中的快乐或困惑，绚丽多姿，好像斗彩瓷；有金榜题名的兴奋，事业成功的喜悦，流光溢彩，稀少珍贵，好像珐琅彩瓷；也有粉黛佳人、知心朋友，浓淡相宜，深浅交替，好像粉彩瓷。

心似瓷，瓷有档次之分，心有层次之别。"九秋风露越窑开，夺得千峰翠色来"。即便是晚秋出窑，也可以烧出千峰叠翠的好瓷来。

心若玉　玉，给人晶莹、温润、灵性的感觉，一枚玉握着、赏着，仿佛心沾染着一份古典。

玉，岁月沉淀，胎记留痕，在许愿的石质上，植入最初的羞涩，刻下年轮的皱纹。

玉，宁静，却生动；时光老去，风华落尽，却无言地与你朝夕相伴、温婉相守。

玉，素净，端庄，淡看浮华，写尽风雅；与一枚心仪的玉相遇，也是一种缘分和福分。

收藏玉，不只是收在手上，更是藏在心上；收藏家，不只是比财力，更是比心力。

心若玉，当守仁、义、智、勇、挈之德；心若玉，当循识璞玉、辨瑕疵、精雕琢、成饰玉之道。

心若玉，归去来兮，不争艳，不媚俗，谦逊君子，上善若水，大美天成。

闲情逸致

闲暇的日子，喜欢去浏览书橱里的那些书。眼睛一格一格地从书的底层爬上去，看我的书增添了几许、又陈旧了几许。随意抽出其中的一本，也不是要坐下来看，只是想整理一下记忆，这本书在何时何地买的？书中讲了些什么？若书来得特别有故事，便会泛起清晰的回忆；若打开的那本书，已圈圈点点地读过，便会想起曾经某个夜晚没有虚掷时光；若打开的那本书还是新崭崭的，便会觉得人生真是短促，居然来不及去读。

闲暇的日子，喜欢去翻弄屉柜里的那些纪念品。一本相册，一沓书信，一摞贺卡，一堆老玩意儿，那些珍藏多年的纪念品，写下了自己的年龄、经历和生活的插曲。一些泛黄的照片和书信，成了我寄托心神的东西，静静回眸时，惊觉岁月匆匆，几分欢乐、忧伤和无奈交织在心中，久久挥散不去。激情的生活，执着的追求，似乎都是年轻时可以去尽情挥洒的，从两鬓长出的白发里，我读到了生命之树落叶的飘然而至。

闲暇的日子，喜欢陪着妻儿悠闲地逛街。看看我居住的城市有哪些变化，老街的保护和开发有哪些进展，百姓的生活有哪些亮点。有时趁妻儿进商店购物，我默默地站在人行道的一隅，静观过往的人群以及人与人之间发生的一些故事。也许是城市的繁华和喧闹，终于使一些平日里看似高贵或伟岸的人，露出了他们来不及掩饰的卑微和龌龊。

朋友如茶　郑板桥说："从来名士能评水，自古高僧爱斗茶。"饮茶的哲学，在于使人放松、安静、自在，既可以在清香味甘中自得其乐，也可以借一壶清茶作心灵的沟通。

我说朋友如茶，看重的是那个"品"字。一壶好茶，慢慢品来，入口甘醇，余味绵长。朋友不是过客，而是人生旅途中的知己，相聚时掏心处之，分别时常怀思念，君子之交淡如水。如果只图解渴而缺品味和余韵，难免流于功利。

我说朋友如茶，喜欢的是那份随和与平常。茶登大雅之堂而不骄淫，入茅棚草舍而无卑微。无须讲排场，一张小桌，一壶开水，随遇而安，清淡平实，返璞归真，少了些许客套，多了些许真诚。交朋友如茶轻而贵，无贱无虚无假。

　　我说朋友如茶，敬重的是那份内涵而不是外在。一杯浓茶提神醒脑，一盅淡茶生津止渴，一壶热茶暖心暖肺，一碗凉茶消暑驱热。不为奉承而存在，不为捧场而出席，在闲散淡泊的外表下，蕴藏一份永恒的真情。若是朋友做到好茶的份上，患难时帮一把，过错时拦一把，成功时分享一腔喜悦，人间将不再有"阔易友"的不幸。

旅行的趣味

一个人生容易，活也容易，生活却不容易。一个人整天工作、忙碌、奔波，不知不觉就累了、疲了、倦了。旅行，是一种精神的放松、灵魂的探访，是一种超越常态的生活方式。

背着行囊，用脚步丈量距离，用心灵感受风景；行走在城市、山水、古镇之间，兴奋而坚定；拾起一段趣闻，拼凑成完整或待续的结局，说给别人和自己听。

喜欢旅行中的那些片断，而不是模式化的风景；片断融入了一些人和事，是流动的、可供播放的胶片，而风景只是静态的幻灯，故事性的电影总比刻板的幻灯更适合典藏。

历史古都自有一份厚重，那是历经世事变迁的沧桑，在纷乱变数中造就的从容老底；新兴的城市，高楼鳞次，霓虹闪烁，彰显朝气和活力；安静的小镇，伴着小桥流水，适合和风而眠。

对于风景，保持着距离，尊重它的原味和气韵，去了不打扰，走了不留痕，或许谦卑随意更能听见内心的声音，如同一些事物可以观赏却不能把玩，可以接近却无法抵达。

旅行途中，与陌生人相识，是一种奇妙的机遇；简单的招呼交流，心平气和的讨论行程，离开后不在对方生活中划过痕迹，只在心里印下浅淡的色泽，只在相似的时间或场景无意想起。

旅行终结，末站的心情最为矛盾，回家的期盼和行程的留恋交织于心；对结果的过于看重，拼命想留住些什么，殊不知过程的内容更有意思。

旅行是遗憾的艺术，有些像相亲，准备出发的日子，忐忑不安，身未动心已远；旅行归来，总是感觉不尽人意；留着遗憾，期待下一次旅行；在旅途中，找回想要的自己，这大概便是旅行的趣味。

似水流年

时间的感叹 "逝者如斯夫",时间的流逝,充盈着对人生的感叹。每天写些文字,成了我的生活习惯,倘若不如此,总有白活一天的感觉。文字记忆着衰老的一些脚印,又似乎在延缓着这种衰老,甚至保持着内心的年轻,让活着的生命变得有些神奇。

伴随时间的流逝,许多事物的变化是悄无声息的,那些桌椅门窗砖墙,看似没有生命,但在时间的比照中,会惊讶地发现,一切存在的事物都有生命,那些灰尘,那些蛛网,那些褪色,都显现着部分生命的消逝。

时间的河流,是不太清澈的,里面有辛劳的汗水、悲伤的眼泪,各种滋味都有,被亲人期盼的目光搅拌过,被血浓于水的亲情牵扯过,裹挟着太过丰富的东西,虽然有些沉重，但又一路向前，无法扭转。

衰老是一件悲怆的事，父母年轻时都要强，人老了疾病缠身，想强也强不起来，想弄干净些，手脚已不听使唤。分明感觉老人非常痛苦，在支撑着、挣扎着，很多时候，焦躁地走来走去，或者躺在床上翻来覆去。

生老病死是自然规律，作为旁观者，看得分明，想得清楚，但落到亲人或自己头上，会有一种真切的悲痛。陪伴孩子与陪伴老人感受是不一样的，孩子时刻都有变化，或长高了，或懂事了。尽心尽力做一个好的陪伴者，日子实实在在地劳累，也实实在在地欣慰。

老朋友因心性契合而长久，像老茧一样，一旦长在手掌上，便成了肌肤的一部分，不痛不痒，却一直存在。新朋友却很难走进生活，时常碰到微信加好友的请求，我大都比较慎重，觉得没有经过时间考验的友情，似乎都不靠谱；只有老朋友能理解彼此的好恶，能安静地陪伴，连牵挂也是安静的。

"生如夏花之绚烂，死如秋叶之静美。"泰戈尔如是说。生长在昆明的聂耳，墓志铭上写着："我的耳朵宛如贝壳，思念着大海的涛声。"生与死都无法选择，能选择的是什么样的生活姿态。

人过五十　虽然一直不愿相信，这么快就人过五十了，可鬓角悄悄冒出的白发，眼角那浅浅的鱼尾纹，都真实地告诉我，已经不再年轻，那些青涩的年华、激情的岁月，已经化成一缕缥缈的云烟，变成心灵深处残留的记忆。

人过五十，明显感觉腿有点沉了，眼有点花了，体力、精力都不如以前了；尤其觉得朋友逐渐减少，客套日益增多，最让人系念的还是年少时的伙伴，虽然分散在各地，境遇也不尽相同，但谈起那些年的人和事，都感到快乐，也有些伤感。

人过五十，不喜欢凑热闹了，走在哪里都嫌吵；不喜欢谁是上座、谁是次座、谁是主陪、谁是次陪的应酬了，吃饭还是和熟人吃着香，爱吃的就多吃，不爱吃的就少吃；回到家里喜欢静静的，一壶清茶，看看书，上上网，想想事，写写字。

人过五十，少了一些执着和痴迷，多了一些随缘和守望，做好自己该做的事；偶尔翻翻泛黄的照片，还会为曾经的青春年少、意气风发而感动，笑容虽然挂在脸上，心头却有淡淡的忧伤；没有了幻想，内心仍有许多期盼。

人过五十，喜欢怀旧，把一幕幕往事打捞起来，把一段段经历整理出来，拼凑成深深浅浅的文字，无论是精彩还是黯淡，都是一种历练和收藏，都给心灵上带来充实和慰藉。

飘失的情感碎片　生命像轻微的风，有些人静静地来，有些人淡淡地去。习惯倾听，那些渐行渐远的脚步；习惯回望，那或深或浅的脚印。

总是想，岁月的脚步放慢些，该有多好，只可惜人生不会逆转，只能在兜转中前行。或许怀着最初的感动，去追溯远去的记忆；或许带着感叹的思绪，去怀念失去的珍贵。

翻阅流年，惊醒了轻浅的梦，时光温婉了曾经，浅笑牵扯了思念。一眸相遇，一生念安；有些人，不经意会突然想起；有些事，两鬓斑白也无法忘记。

人生的风景，实际是心灵的风景；念念不忘中，谁成了只如初见，谁成了地老天荒。人生，放不下的是感情，过不去的是心情，最难得的是心境。

遗落的往事，不必打捞；清欢的岁月，总会化作心底的沉香。那些不舍的，都风干成了淡忘；那些痛过的，都演绎成了坚强。

带一份达观的微笑，揣一种洒脱的姿态，浅浅喜欢，淡淡释怀。煮一壶云水禅心，参一道似水流年，真心地藏，坚韧地行。

怀旧　时间是个奇怪的东西，时常将人的感觉弄得前后颠倒，睡觉半梦半醒时，很奇怪自己生活在现代，要是早些年代出生，就要留辫子，就要经常磕头或有人朝自己磕头。

小时候喜欢过年，其实是喜欢压岁钱，有好东西吃，有好衣服穿；现在年味淡了，过年好像是件发愁的事，中年汉子，想家似乎说不出口，于是只能看看"春晚"之类的节目，傻乐傻笑的。

童年、少年时的家，时常进入梦中，时间非但没有让它褪色，反而变得更加亲切了；那些老屋、老井，那些关不严的门窗，还有老妈扯开嗓子叫我吃饭的声音。

从出生到现在，搬了多少次家，我也说不清；只知道是在搬家中长大、成熟的，现在轮到自己给儿子留下背影了；人的一生像是行船，有人上来，有人下去，"百年修得同船渡"只是愿望，到了时候，自己也要下船，站到彼岸。

又要搬家了，费了许多神整理，东西还是那么多，终于明白了，那些老人为何收藏许多一文不值的旧物；岁月流逝了，旧物是他的见证，证明自己的存在，仿佛是老朋友，在一起有安全感。

书柜里的书，好多我都用过，整理过，有的还包着书皮，上面还有我胡乱写的字迹；书这种东西，历来的规律是，喜欢它的人不在了，后代不用它，便是闲物，该处理的就处理了，别占那么大的地方。

男人这辈子，最幸福的时光应该是儿时。男孩很少不捣乱的，犯了错就得挨揍，如果跟爷爷奶奶、外公外婆在一起，那就好多了，有长辈撑腰，不光不挨揍，还能给爸妈受点气，狐假虎威，谁能奈何？

上了初中、高中，如果功课不好，父母的脸就会越拉越长；如果功课出色，同样会被告诫山外有山，于是开始知道，男人比女人有更重的任务。

长大成人，有了自己的家，意味着退出抽签的队伍，向一切不甘心告别；让孩子跟着父亲姓，大概是要男人负起责任，不能恍兮惚兮过日子；父亲也是不好当的，再苦再累没人说你称职，也不会撤你的职，更不允许你辞职。

男人到了中年，就像你的肚子一样，要想办法摆平了；上有老，下有小，中间有老婆，外面还有领导、同事、亲戚、朋友，不要奢望都说你好，对于埋怨、指责和压力，你能包容、笑纳、挺得住，便是男人本色。

男人这辈子，恐怕应该有一点无聊，凡事都要找出意义，每天都要向上，时刻都要正经，恐怕也太无聊了；自然之道总是一张一弛，允许无聊才会有正经。

读着"为人处世"四个字，不同的年龄段有不同的理解，小孩时觉得很神秘，年轻时觉得很俗气，现在就觉得有点无奈了；我猜想，郑板桥当初想写"男的糊涂"，下笔时改成了"难得糊涂"。

秋　境

　　喜欢秋天的景色，她的意境总让人看不饱、赏不透、玩味不够，那是一种半开半醉的状态，一种"一色长天秋正好，万种风情叶癫狂"的姿态。

　　抬头望去，高原的天空高远、透明、一尘不染，远处的山岭层林尽染、韵味十足，这"不染"和"尽染"，或许就是秋天的意境吧。

　　年轻的时候，总是觉得春天美好，看不够的点点绿意，喜不尽的勃勃生机，一想到秋天的萧瑟，心中就不免有些凄婉和苍凉。

　　随着年岁的增长，对秋天的认识丰厚起来，五谷丰登的飘香，洒满黄叶的小路，春华秋实的情思，让人无限地感慨和流连。

秋天的落叶，在风中飘零，在风中蹁跹，婆娑起舞，自在而安然；秋天的静美，阳光慵懒的，云朵舒卷的，微风清凉的，含蓄而坦然。

秋天，追逐一抹金黄，邂逅一次遇见，珍藏一份情感；秋季，清浅闲适，清了纸笺上的墨印，浅了时光留下的痕迹，倚于岁月深处，看花开叶落，赏流年轮转。

秋天的深处，花草在蜕变，人的心情也在蜕变；蜕变中，溜走的是时光，积淀的是心境，像花开是希望、花落是从容一样。

生命的秋天，稍稍褪去了些诗的色彩，少了些激情和浪漫，多了些平实和坚韧，好似一篇随性的散文，有意与无意之间，褪去了浮躁，缓慢了节奏，留下的是对岁月的品味和收藏。

学佛有悟

佛与众生　佛法如莲出淤泥，人在尘世不染尘；

佛与众生本无异，亦圣亦凡总不离。

饥来吃饭寒添衣，佛法原本心中育；

起心动念不是佛，始终觉悟见真谛。

若想学佛并不难，心中有佛自结缘；

忘却心中痴愚念，生老病死随自然。

人生功过尘与土，人间沧海化桑田；

世间机缘轮回转，不是福来也是缘。

木鱼声声　木鱼声声，声声空寂；

敲击禅房，敲击心房。

木鱼声声，声声静心；

静静聆听，细细思寻。

木鱼声声，句句佛音；

不紧不慢，不悲不喜。

木鱼声声，串串念珠；

念着今生，念着来世。

木鱼声声，层层叩问；

叩问尘世，叩问灵魂。

木鱼声声，盏盏青灯；

风清月明，肃然起敬。

灵魂的皈依 尘世间的灵魂，沧海一粟；为了追逐绚烂的时光，在红尘中躁动、挣扎；花开花谢，云卷云舒；长空雁叫，孤鹜落霞。

生死不过一瞬，搏几季春秋，终熬不过风吹落叶，悲欢离合都成梦；心悲凉，情更伤，一枕黄粱，流星一闪坠落天涯；谁参透青峰无语，几人禅心佛莲座下。

山涧的幽兰，叶上露珠滚动着无瑕；凝视白雪红梅，洁白中的一点红韵，冷香逆造的一树寒花，还在徘徊着、渴望着；冥冥中皈依呼唤，伴着日月星辰，走进那片宁静，走向那个来时的家。

茶禅一味 茶，有浓淡，有冷暖，也有悲欢。用入世的心品茶，大多是打发寂寥的时光，看重的是色香味；用出世的心品茶，便多了一份清淡和质朴。

茶可以洗去浮尘，过滤心情；品茶，品的是心，入的是境、生活、心情、明月就在茶中；闲中沏茶、品茶、参禅，是一种清福，也是一种境界。

人出生的时候，原本没有行囊，走的路多了，便有了一些包袱；只有用平和的心看世态，才能让世俗的包袱，转变成禅意的行囊。

品茶也是修禅，无论是喧嚣红尘，还是寂静山林，都可以成为修行的道场；茶禅，首要是境，物境、人境、心境合一；茶水洗心，心如明镜，一切随缘，便可悟禅。

无须为了注定的悲剧，选择伤感；也不能为了将来的圆满，停止修行；品茶是为了修心，在无尘的净水中悟禅。

静水深流，简单的人内心清和，容易参透禅理；人应当删繁就简，将一杯浓茶喝淡，便有了禅境。

精深玄妙的禅，其实在一念之间，在一滴水中，在日常生活中，在娑婆世界里。

社会视点

以史为镜

"奉天承运"，在现代观念中，很难找到恰当的用语解释这个词，如果硬要意译的话，大概是指遵循天道、完成使命的意思。

明朝颁布诏书时，要将诏书装在盒子里，用绳子吊着，从承天门上缓缓放下来，就好像圣旨从天而降，下面是有人跪接的。

我猜想，承天门上一定会有往下放绳子的沟槽。承天门就是现在的天安门，名字是清朝建立后改的。如今的天安门做了许多修整，更高也更大了，但模样并没有变。

"奉天承运"四个字，是明朝开国皇帝朱元璋亲自改定的。吴晗先生在《朱元璋传》里说，元朝的诏书，开头套语是蒙古语的音译"长生天气力里，大福荫护助里"，文言译作"上天眷命"。朱元璋以为这口气不够谦卑，改为"奉天承运"更妥帖。

"上天眷命"，给人自作多情的感觉，上天凭什么单单眷顾你；改为"奉天承运"，感觉就不一样了，遵奉天道，体现天道，如此恭敬行事，上天还会找别的什么人来代表么？

皇上是真命天子，一言一行都代表了天道；天道是神圣至尊的东西，一个人代表了天道，他神圣至尊的地位就毫无疑问了。

在代表天道的问题上，曾有"民"从中插一杠子，孟子非要说"民为贵，社稷次之，君为轻"，惹得皇上很不高兴；朱元璋审查孟子著作，大发脾气："这老儿要是活到今天，非严办不可！"差点撤去孔庙中孟子配享的牌位。

其实，孟子很明白"无君子莫治野人，无野人莫养君子"的道理，很清楚"劳心者治人，劳力者治于人"是天下之通义。孟子无非是想强调一下，治野人也不能乱治、胡来，要遵守一定规矩，不然就有翻船的危险。

"后花园" 在古代，官衙或私家园林，大都由前后两部分组成。凸现在前面的，是高大的门楼，办公事的厅堂，草写文牍和抒怀寄语的书房，做礼仪交际的会客厅，一派"齐家治国平天下"庄严气氛。隐藏在后面的，是风景宜人的园林，楼台亭阁，山石流泉，花草虫鱼，可供吟诗作画、下棋弹琴、斗酒品茶，俨然世外桃源，充满生活情趣。

一前一后，一显一隐，表现出士大夫阶层的两副面孔、两种心态。繁忙的公务和悠闲的修养，"成于思"而绝不"荒于嬉"。一旦从暮气的官场和腻味的应酬中走出来，便一头扎进"后花园"，与家人或至朋好友，享受生活的乐趣，获得精神的慰藉，颇有点"出世"的况味。

"后花园"的自然景观和人文情趣，是对险恶世态和森严礼法的一种反对，人性从极权的语境中解脱出来，在紧张中获得舒缓和惬意。在官场失意后，又将此作为避难所，不失体面地吟风弄月，表现一种息影林泉的潇洒。

现代的士大夫们，自然难以拥有"后花园"这样的构置，在紧张的公务之余，常去酒楼、茶馆等松弛倦意，但终久变得更加疲惫，那些喧闹的环境，对精神只是一种消解，而不是一种新的积蓄。

以民为本

尊重老百姓　从理论上讲，这个问题似乎已经解决了。"群众是真正的英雄，而我们自己则往往是幼稚可笑的"，"人民，只有人民，才是创造历史的动力"。从"人民万岁"的高呼，到"为人民服务"的宗旨，谁敢说老百姓半个不字。

按古代圣贤的排列顺序，"民为贵，社稷次之，君为轻"。老百姓是排第一位的，国家次之，领导呢，更次之。民为邦本，本固邦定，尊重老百姓是理所应当的。

然而现实情况并非如此，民处于弱势地位，是被官管着的，威风八面的"服务"与噤若寒蝉的"服从"，总是形成强烈的反差。有的领导嘴里常说"尊重群众"，却时刻忘不了"主子"的身份，老百姓真想平起平坐，那就太天真了。

读过明成祖朱棣的一道圣旨:"那军家每街市开张铺面,做买卖,官府要些物件,他怎么不肯买办?你部里行文书,着应天府知道:今后若有买办,但是开铺面之家,不分军民人家一体着他买办。敢有违了的,拿来不饶。钦此。"

对这道圣旨的口气印象极深,假如我是当时开店铺的买卖人,官府摊派、勒索到头上,敢执拗半句么?自以为并不胆小,但得老实承认,我不敢执拗,皇上分明说了,"敢有违了的,拿来不饶。"像我等小命,拿了就拿了,不就是只任人宰割的羔羊么。

时常听到一些贪赃枉法的官员在法庭陈述,说腐败的原因是"把自己混同于老百姓",真是奇谈怪论!记得古县衙有副楹联,上联是"得一官不荣,失一官不辱,勿道一官无用,地方全靠一官";下联是"穿百姓之衣,吃百姓之饭,莫以百姓可欺,自己也是百姓"。通俗地道出了官民关系的内涵。

《江山》有两句歌词写得好:"老百姓是地,老百姓是天/老百姓是共产党永远的挂念//老百姓是山,老百姓是海/老百姓是共产党生命的源泉"载舟覆舟,兴焉亡焉,尊重老百姓,既是谋事之基,也是成事之道。

重视群众的议论 群众的议论,一般是群众在私下里的谈论,往往七嘴八舌、时隐时现、似聚似散,形不成舆论强势，也影响不了领导决策，时常被人忽视。

群众的议论，在古代称之为"民议"，"民议"的背后实际上是"民意"。民意可通过话语来表达，也可通过行为来表达，还可通过沉默来表达。群众的议论反映世道民心，也是执政者审时度势的一面镜子。

群众的议论，有很大的自由度和随意性，往往比较难听；不是流言或谎言，而是一种"民间"的评判，具有普遍性。议论的内容可能有水分、有泡沫，但大都八九不离十。众目睽睽，相互印证，本身就具有去伪存真的效应。很多时候，议论成了"结论"，传言成了"预言"。

群众的议论，不是起哄，有时虽带有情绪化倾向，但总体上是客观的、冷静的。会上不说是因为心有顾虑，会下评说是因为不负责任。说的方式虽然不可取，但说的内容未必没有价值。

群众远离权力中心，不争名夺利，不跑官要官，心态平和，口无遮掩，对领导的言行，对官场上的事情，正所谓"当局者迷，旁观者清"。群众的议论，大都出于公心，比听小报告，比看举报信，比听当事人表白，比查档案资料，更可信、更有用。

群众的眼睛是雪亮的，既能感知有些人的"工作圈"，也能观察有些人的"生活圈"，撞"红灯"者常是躲了此时，躲不了彼时，瞒过这里，瞒不过那里。一些违纪问题和案件发生后，时常听人放马后炮"群众早有议论"，为什么领导不早一点重视，防患于未然呢？

领导的"看法"

在一个"官本位"的国度里，在一些地方或单位，有时最大的"法"不是国法，而是领导的"看法"，领导的"看法"决定着一个人的前途和命运。

"看法"无非是印象，谁对谁有什么看法，无非是谁对谁有什么印象。这"印象"一旦烙上了"官印"，情况就复杂得多，甚至就严重得多了。

同僚间，你若给谁透个风，领导对你有"看法"了，这人准会吓得惶惶不可终日。领导重权在握，不言自威，说你行就行，说你不行就不行。"看法"差了，群众再拥护，本人再努力，恐怕也是徒劳的。

"看法"弹性很大，可左可右，可上可下；偶尔一句谗言，一阵枕边风，都可能形成"看法"；身在屋檐下，命在掌握中，心里很明白，嘴上说不清；今天领导对你有"看法"了，明天你就可能腾位置了。

君子百是，必有一非；小人一非，必有一是。"看法"要是盯上君子的"一非"，那就是君子的厄运；要是盯上小人的"一是"，那就是小人的福缘。"看法"一旦凌驾于机制之上，一言九鼎而百口难辩，良莠难分而祸患丛生。

公道正派是有客观标准的，"公道"就是走公众之道，听群众的"看法"；"正派"就是不怀揣私心，不拉帮结派、结党营私。领导有"看法"不要紧，重要的是客观、全面、发展去看，不能戴着有色眼镜、带着阴暗心理去看；个人看法不能成为"长官意志"，听言必审其本，看事必校其实，观行必考其迹，才不至于因"看法"而误人误政误国！

"说话算数"

　　每当听到"我说了算"的领导表态时，总感觉其中透着一种霸气、一种强权。算与不算，不只是看级别、看决断，更重要的是看效果。话虽老些，但理并不过时。

　　"说话算数"，是言而有信的通俗说法。一个人说的话，是否算数、兑现，不但是品质问题，也是社会诚信问题。说话算数的人多，社会的诚信度就高；政府官员说话算数，政府的公信力就强。

　　有些官员，嘴上说"立党为公"，实际上以权谋私，公仆的招牌，老爷的模样，听其言为民服务，观其行城狐社鼠。有些官僚政客，精于权术，言不由衷，台上的表态话，官场的应酬话，都是"秀"出来的泡沫语言，哪个信以为真，必定大跌眼镜。

也有另一种"说话算数",叫"我说了算"。说的都是"金科玉律",不允许有杂音,有不同意见,这种"算数"造成的是一片沉默。

专制都是以"朕即天下""我说了算"为基调的,遗风所及,"一言堂""家长制"也就见惯不惊了。谁升谁降,兴乎废乎,几乎都在嘴皮的翕张之间。

中国的语汇,往往一语双关。当"说话算数"的数值为"零"的时候,就变成"说完就算了";当数值为"一"的时候,就变成了"一言九鼎";前者失之无能或欺骗,后者失之拍板或专断。

"说话算数"还可以如是解,说话之前"算"一下"数"。调查研究,吃透情况,心中有数,是一个务实事、求真是的过程,只有符合实际、尊重规律,才能正确判断、科学决策。

表　态

　　人有善恶美丑，事有是非曲直，对人和事发表些看法、表明个态度，原本是很平常的事。不知从何时起，表态与宣誓搅在一起，上升为政治，问题就复杂了，那种忠诚而较真的劲头，把好话都说尽了，心思也用尽了。

　　古代官场也有表态，大概称"诺"，是很严肃、很庄重的事，每有"不要轻易表态"的告诫，于是察言观色、见风使舵的人就多了起来；只要上有所好，需要听什么话就说什么话，或激昂慷慨，或誓死效忠，或心领神会，或言不由衷。

　　表态似表演，往往培养了一些两面派，造就了一些阴阳人。昨天还信誓旦旦、歃血为盟，今天就反戈一击、势不两立；在位时，鞍前马后，如影随形；不在位时，另寻新主，更换门庭；头上插着风向标，脸上挂着晴雨表。

表态似作秀，很多时候是障眼法、遮羞布，那些蝇贪虎污的官员，哪个不是说一套做一套，坐在台上讲大话、唬别人，私下却大肆敛财、以身试法。早就把入党时的宣誓、任命时的表态忘掉丢掉了。

善于表态的人，是要些定力和经验的，说话恰如其分，要经历各种复杂的环境才能修炼出来。人有两耳，不能兼听，谓之"失聪"；人有一心，不能审听，谓之"失心"。清醒听表态，不能让一些人蒙蔽了、忽悠了。

守住底线

做人要有人格，格是层次和品级，高格者为圣，上格者为杰，中格者为善，下格者为限，再降而下之，就失去做人的资格了。

道德是自觉的行为规范，法律是强制的行为规范，底线是人格的下限；法律的作用就是强制人遵守"底线"，不使人陷入"非人"的状态。谁突破了这个"底线"，你就得失去一些"做人"的权利，到你该去的地方待着。

道德的底线是什么？是羞耻之心。人该有判断是非、善恶的基本标准，什么事该做，什么事不该做，心中该有一杆秤。冲击道德底线的浊流是奢侈，从违背道德到触犯法律，有个贪图享乐、低级趣味、腐化堕落的规律。

循着这个规律，不难找到违背道德、触犯法律的两个缺口：一个是权，一个是钱。那些经常出入高级会所的人，那些视山珍海味如家常便饭的人，那些为一个批文投怀送抱的人，有几个不与"权""钱"有关？限制权力的滥用，弄清金钱的来历，就成了维护社会公德、公平正义的必须。

有人说，偷鸡摸狗的盗贼和为非作歹的恶徒，一无权二无钱，难道不是道德、法律的践踏者？当然是的，但他们不是社会的主流，更起不到影响、示范作用。"德治"也好，"法治"也罢，治理的对象不只在民间，更在官场，不只在布衣百姓，更在官员政要。只有有权有钱的人守住了底线，"以德治国""依法治国"才不会成为一句空话。

"杞人"的不凡

"杞人忧天"出自《列子·天瑞》:"杞国有人忧天地崩坠,身亡所寄,废寝食者。"意思是说,杞人总担心天会塌下来,没有存身的地方,忧虑得吃不好饭、睡不着觉。这个"庸人自扰"的典故,至今仍被许多人奚落和耻笑。

"杞人"其实是个预言家,两千多年前,正是河清海晏、蓝天白云的时候,他没有陶醉于大自然的静谧和悠然,而是把目光投向人类遥远的将来。后人心安理得了,不再"忧天"了,而是与天斗、与地斗,毁林开荒,围湖造田,挖山不止,开发不息;斗出苦头了,又回过头来,退耕还林,封山育林,关厂治污,付出沉重的代价。

恩格斯说过:"人类对大自然的每一次胜利,都必然遭受到大自然成千百倍的惩罚。"我国水土流失面积占国土面积近 40％，土地荒漠化占国土面积近 30％，黄河断流，长江污染，抬头看看雾霾的天，低头看看陷落的地，我们究竟该嘲笑"杞人"，还是该嘲笑自己？

"杞人"还是个思想家，思想就是从"忧天"开始的；按常识天不会坍塌，但常识不一定是真理；"杞人"没有像常人那样囿于常识，而是让思想超越眼前。"人生不满百，常怀千岁忧"，追问人生终极的存在，追问自然宇宙的根本，正是思想家与平庸人的区别所在。

围棋之道

　　对于围棋，我是个只知道"死、活"的半吊子，在读研究生时，几个发烧友时常通宵达旦、切磋棋艺。然而我十分清楚，黑白、方寸对弈中，不仅显现技巧、手段，更蕴含着规律、大势，是浅显与高深的交融，是质朴与绚烂的统一。

　　围棋之道，在于有一种宇宙之象、人生之道。喜欢下棋的人都知道，象棋、军棋等棋子上都锲有字，是等级观念和制度在棋子上的体现，不同棋子都有自己固定的走法，只能在约定的规则中行走，人的性情、智慧已经被限定了。围棋则不同，所有棋子上都没有字，没有谁大谁小的差别，就平等和自由而言，有更丰富、更广阔的空间，任凭在棋盘上落子，张扬了人的个性和创造力，有一种博大、精深和奥妙。

　　围棋之道，在于有一种生命意识，有一种对"活着"的尊重。一枚或一片棋子是否活着，关键取决于是否有"一口气""两个眼"，只要你活着，谁也奈何不了你。博弈之道，与其说是争胜负，不如说是争一口气、活两只眼。气量之长短，眼界之宽窄，又取决于肚量的大小，肚量小而强争，轻则气出毛病，重则气死。孟子说："养浩然之气。"只有得失不念于心，喜怒不乱于神，才能不争而活。

围棋之道，还在于显现了人的性格和境界。是举轻若重还是举重若轻，是惊慌失措还是临危若盈，有什么样的性格，就有什么样的棋路。是浮躁还是平和，是轻狂还是稳重，是固执还是豁达，在布局、落子上，都表现得淋漓尽致。"大象无形""大方无隅"，讲的不只是自然、事物，而且是人的心性，是人性中的大成、超脱之美。棋艺无涯，千古无同局；人生有道，大道无术，大道至简。

情系云南

散步翠湖

心约红河

中甸，朝圣之旅

秀色丽江

陈年普洱

德宏，一个美丽的地方

云南看云

　　小时候，在家乡，最爱看天上的云；长大后，来云南，才知道这里有最美的云。

　　淡云，积云，像一首轻描淡写的诗，静若处子，静观众生；卷云，团云，像一阕浓墨重彩的词，动如脱兔，奔走翻卷。

　　云的上面，是明净的蓝天；云的下面，是雄奇的雪山；云的倩影，映入碧绿的湖水；云的灵魂，是飘荡的风铃。

　　山顶的云，像晶莹的王冠；山腰的云，似轻柔的飘带；山间的云，如神秘的面纱；山脚的云，若成片的梨花。

　　高原的云，飘浮通透的天空，身姿翩跹；云南的云，垒筑鸟儿的窝巢，守望蓝天；七彩的云，邀约飘飞的风筝，如梦似幻。

　　洁白的羊群，是地上的云；勤劳的人们，耕耘在水云间；民族的衣裳，是变幻的彩云；朴素的心灵，是纯洁的白云。

　　我的梦，总是流连在云中；我的心，已经遗失在云间。

久居昆明，永为心乡

作为久居昆明的外来人，多年来，我对这座城市的自然和人文饶有兴趣，总是用欣赏的眼光打量她的姿态，虽然不像想象的那样复杂，但要落之笔端，还真煞费心神。

昆明称为"春城"，有充足的理由，天空湛蓝，阳光明媚，花草鲜艳，永远的春风吹拂着这片土地，无论身处何处，都给人通透舒畅的感觉，仿佛所有的毛孔都张开着的。明代杨慎称赞"天气常如二三月，花枝不断四时春"，并非浪得虚名。

我对昆明冬天的阳光情有独钟，不用数落天气，不用劳筋费神，只要端个凳子就可在院坝里晒太阳，太阳底下耐不住了，回到家里却是凉悠悠的。昆明闲适、慵懒，像一个种花养鸟、小资情调的后花园。昆明人都是家乡宝，不远游，不排外，不张扬，散发着一种笃厚温和的平民气。

滇池是昆明的母亲湖，宽阔水域给人的视觉不是"池"而是"海"。四季如春的气候，得益于滇池及周边湿地天然的"空调"。在中国，没有哪个内陆城市享有这样恩赐。西伯利亚来的红嘴鸥每年初冬来、晚春去，三十多年没间断过，万一哪年不再飞来，昆明人的心恐怕会空落。

大观楼因孙髯翁的"海内第一长联"而闻名，上联写滇池风物，好似一篇滇池的游记；下联写云南历史，像是一篇读史随笔；全联如一篇大气磅礴的骈文，诵之朗朗上口，品之妙语连珠，悟之惊心动魄。

西山从远处看，像一位风姿绰约的"睡美人"，在步步登高的悬崖峭壁间，三清阁、凤凰岩、慈云洞等阁台洞窟，林林总总，蜿蜒盘旋；站在龙门石窟之上，上倚千仞石壁，下临万丈深渊，广阔的滇池、铺展的城区尽收眼底。

陆军讲武堂，"百年军校，将帅摇篮""革命熔炉"，培养了朱德、叶剑英两位开国元帅，二十多位国军上将，涌现了唐继尧、龙云、卢汉等风云人物。从讲武堂操场上走出的军人，在重九起义、护国战争、北伐战争、抗日战争的战场上，谱写了可歌可泣的英雄篇章。

西南联大，一所令人仰止、成就显赫、空前绝后的大学，在"九州烽烟，国破山河碎"的岁月里，旗帜不坠，弦歌不辍，业绩斐然；以"刚毅坚卓"的品格、"民主办学"的风气、"严谨求实"的态度，培养了杨振宁、李政道、邓稼先、赵九章等一批科学精英，金岳霖、冯友兰、钱钟书、朱自清、沈从文等一批学贯中西的大师也曾任教于此。

时常踱步昆明城区，寻访哪处古宅是蔡锷住过的，哪座庭院是唐继尧享用过的，哪栋建筑是梁思成、林徽因夫妇设计的。卢汉公馆，石屏会馆，袁嘉谷旧居，一颗印，金马碧鸡坊，东寺街西寺巷……那些隐藏在城区的名宅，那些老街道、老建筑，伴随着历史的沧桑，见证了昆明的变迁，成为历史的回忆和性格的彰显。

散步翠湖

　　翠湖，似镶嵌在昆明城的一颗"绿宝石"，像昆明人自家的花园和老宅，无论从自然风貌，还是从历史遗存、人文景观看，都称得上昆明的文化核心圈。汪曾祺先生形象地比喻为"昆明的眼睛"，没有翠湖，昆明就不成其为昆明了。

　　翠湖，钟灵毓秀，是休闲的好去处，常去那里散步。翠堤春晓，水光潋滟，亭阁飞檐，"十亩荷花鱼世界，半城杨柳拂楼台"。南北堤叫"阮堤"，是道光年间云南总督阮元仿"苏堤"修筑的；东西堤叫"唐堤"，是民国年间云南都督唐继尧修建的。黄昏时分，走在南北、东西堤上，湖水装饰了我的梦境，行人装饰了画家的画板。湖心亭人来人往，竹林中窃窃私语，间或有低沉的萨克斯和明快的手风琴声。翠湖周边，随处可见唱歌的、跳舞的、买画的、遛狗的，还有些算命的江湖术士。

来的次数多了，便知道翠湖是昆明文脉的起源，数百年的历史印记和人文背景，大多围绕这一泓湖水展开。陆军讲武堂，云南贡院，政界文化界府邸，达官贵人居所，洗马河茶馆旧址，赶考学子云集的客栈茶肆，无不围绕着翠湖，依托着翠湖，见证了太多的风云变幻，沉淀了太多的历史回忆。

清初，吴三桂入昆，在五华山缢死永历帝后，"填菜海子之半，更作新府"，名"洪化府"。清末，辛亥护国，翠湖畔成了举义策源之地，讲武堂聚集英杰、联结同盟、密谋肇造。唐继尧在湖北一隅建起了"东陆大学"，"武功"之外点缀了"文治"的绚彩。

随着吴三桂、唐继尧等官邸的兴建，军政要员、社会贤达尽相效仿，住到了翠湖一带，东路有卢汉公馆，北路有袁嘉谷旧居，南路有石屏会馆。西南联大流亡昆明时，大批文化精英住在文林街、文化巷等环湖一带，闲时常到附近茶楼读书聊天。

三十年来从不间断，每年冬季都有数万只红嘴鸥从西伯利亚飞来过冬，一次次长途迁徙，美丽了昆明人的心情，融入了昆明人的生活，在翠湖形成了人鸥相嬉的独特风景。

眺望湖上嫣红的落霞、翠绿的春色，咀嚼着袁嘉谷"樵水渔山共一城，湖心亭畔月三更。新秋堕地几人拾，黄叶无声诗有声"的诗句，真切感受到翠湖是一处精神栖所、心灵圣地。

心约红河

哈尼梯田　登上元阳老虎嘴极目远眺，红河谷、哀牢山的哈尼梯田，好似一幅精妙的版画，镌刻在崇山峻岭，铺展在大山腹背。

层层叠叠、浩瀚苍茫的梯田，仿佛一道道天梯，从山顶直挂山脚，满眼的银屏闪烁，满眼的流光溢彩，精致，恢宏，绝美。

梯田是哈尼人生活的根基，哈尼人随和的性格，也表现在随山势而行的梯田里；或长或短的田埂，是岁月的年轮；或宽或窄的梯田，是经历的见证。

田间有汉子牵牛耕犁，田埂有妇女头勒背篓走过；灌满水的梯田，宛如一面面错落有致的明镜，在朝晖、夕阳、细雨、云雾的映衬下，波光粼粼，变幻莫测。

随着日照地表气温上升形成的云海，一会儿翻滚在谷底，一会儿缭绕在山腰；云海在梯田中倒映，梯田在云海间隐现。

哈尼梯田的美，在于纯朴、自然，在于山、水、村、人的和谐。人们常把天堂说成最美的地方，而在哈尼人眼里，天堂就是自己的家园。

难怪陪我采风的文友感叹："哈尼山的云海，如龙腾虎跃，不用渡船便能荡漾；哈尼山的梯田，像万级天梯，拾级而上就是天堂。"

城子古村，一个拥有六百多年历史的彝族村寨，坐落在泸西永宁飞凤山上；上千间土库房依山而建，层层叠起，上下相通，下家的房顶是上家的场院，土黄色的房屋在阳光下显得格外耀眼。

土库房以耐水浸泡的黏土和栗树为主要材料，用木料相围或夯土做墙，屋顶铺上横梁、劈柴、木棍，再铺上和好的粘泥，用木巴掌捶平捶实而成。

远远望去，似堆叠齐整的蜂房，又似神秘奇巧的城池，无论是野逆的土司府，还是传奇的姐妹墙，都让人流连忘返、遐想无限。

彝族居民与土库房难以割舍的情缘，不仅在于冬暖夏凉，适应当地炎热的气候，更在于村民之间的不设防，只要进入一家，便可以从平台直达另一家，直至走通全村人家。

半坡上的"将军第"，是全村最大的土库房，大门为木架结构的八角飞檐，院内有正房三层，左右厢房两层，柱头、门楣、窗户都雕龙刻凤，做工精细，气势非凡。

金秋时节，黄色的稻穗压弯了腰，屋顶上堆起的那一个个粮食垛，屋檐下挂起的那一串串黄苞谷、红辣椒，构成了一幅五谷丰登的美景。

城子古村很土，土得很纯粹，翻晒粮食的农妇，抽着旱烟的老人，牵牛赶马的庄稼汉，无不透着浓郁的乡土味。在土库房与石板路间游走，醉在纯朴的民风里，笑在如画的风景中。

滇南邹鲁　建水，滇南的一座小城，明清临安府所在地。元朝开始，继昆明、大理之后，开办第三所庙学，相继建学政、书院、府学；诗书郡，礼乐邦，文风盛，明清开科取士，有时出现"一门三进士，兄弟两翰林""一朝考显名，临安占半榜"的盛况，为此赢得了"滇南邹鲁"的美誉。

以第二大孔庙、学政考棚、文笔塔为代表的儒家文化，培育了建水文人学士尊孔崇儒、潜心学问、科第扬名的心理情结。学生临考前，要去孔庙拜孔子，还有开笔、成人、古婚、祭孔等礼仪。渊源的文脉，像扯不断的秋雨，滋润着古城的肌肤。

幽深的青石板巷子里，随处可见老得漆黑、旧得发黄的房屋，飞翘的檐角，精美的门楣，长长的院墙，像绵长的心事伸向远方。坐落在泸江河、塌冲河上的双龙桥，是一座十七孔石拱桥，曾被桥梁专家茅以升列为十大古桥之一，抚摸那些坚实的桥墩，不禁对当年解囊建桥的乡绅肃然起敬。

东门外的那些古井，有单眼、双眼、三眼、四眼的，有方形、圆形、扇形、月牙形的，有名的溥博井、渊泉井，出自《中庸》"溥博渊泉"。溥博井俗称"大板井"，水清味甘，没有水垢，从不枯竭，有"滇南第一井"的美誉。同一街巷的井水，味道也不尽相同，有的甜，有的涩，有的咸，有的沏茶味甘甜，有的做豆腐细嫩爽口。

朱家花园是古朴的、典雅的，每个院落都有个雅致的名字，梅馆，竹园，兰庭，菊宛，尽现追慕古人的风雅；张家花园散居多个院落，一百多户的大家族，培养了不少满腹经纶的文人学士。

作为古城象征的朝阳楼，有"小天安门"之称，比北京天安门还早建二十八年，东面飞檐悬挂"雄镇东南"楷书巨匾，西面飞檐悬挂"飞霞流云"繁体狂草，显现着古典神韵，迎接着八方来客。

版纳风情

    热带雨林，满眼都是翁郁翠绿，绿得混沌，绿得野性，那是一种不多见的原始大美；每一片树木的繁茂生长，都源于自然；每一片葱茏的朝云暮雨，都出于天籁。

    热带雨林，是珍禽异兽的乐园，野象、野牛力大无比，可以撞倒树、拉断藤；懒猴白天躲在树枝上、树洞里，夜间出来吃果子、吃昆虫；长臂猿在树林中蹿跳、攀爬，以发达的喉囊，发出空寂的叫声。

    那些寄生、攀缘的植物，以一种坚韧、残忍的生存方式，把一棵棵大树缠住，拼命地吸取养分、遮蔽阳光，大树在不知不觉中枯萎，让人想到生死胶结的"恋情"，用势夺命的"绞杀"。

    傣家寨子，依恋在澜沧江畔，掩映在绿色群山间，一棵棕榈树就是一道风景，一群"小卜哨"就是一片欢笑，一串泼水花就是一方深情。

竹楼，干栏式建筑，上层起居生活，下层堆放杂物、圈养牲畜；傣家人信奉神灵，认为卧室是神秘的空间，外人窥探会打扰家神、摄走灵魂。

佛塔，南传上座部佛教建筑，贮藏舍利或佛陀遗物的圣地；贝叶经，傣家人自制的尖笔，在乔木树叶上刻写的经文；傣家男子，要从小出家当一段和尚，才受人青睐、尊重。

在傣家做客，慢慢地饮酒，静静地品茶，尝一尝番茄南咪蘸苦笋，香茅草烤鸡烤鱼，鲜嫩可口的南瓜尖、芭蕉花，在一喝、一品、一尝中，体会无穷的情趣和韵味。

中甸，朝圣之旅

追寻香格里拉　香格里拉，一直是我心中向往的地方，上天把最原始、最纯粹的美好都赋予了她；一次说走就走的冲动，让我踏上了西去旅程。

沿途的路上，天空万里无云，云雾缭绕山间，草甸上长满了各色花草，牛、羊、马零星散落在花海中；遇见藏民，车里车外，一句问候，扎西德勒，内心顿时温暖、圣洁起来。

我一路寻思，什么样的气候、土壤，孕育出这样的碧绿草地、满眼春色，每棵花草从松土中挤出瘦小的身板，尽情地生长绽放，以最舒展的姿态呈现它的美好。

行走在香格里拉，我好像在梦游，对自己的存在有一种荒诞感，天空蓝得让人惊叹，云彩白得叫人羡慕，她空旷、灵性、大气，将各种色彩在高原大地上张扬出来。

那里有圣洁的雪山，有温暖的火塘，高原湖泊用深情的眸子把你张望，金碧辉煌的庙宇透着庄严和神圣，贫瘠苍凉的村庄充满寂静和期望。

莽莽的森林，辽阔的草甸，古朴的藏寨，飘扬的经幡，一切都如梦境中的净土乐园，让我沉浸在真实和梦幻之间。

远离喧嚣，空气清新，让我感受回归大自然的乐趣；哈达敬献，奶茶飘香，让我领略藏家民俗的多彩；欢歌笑语，美酒醉人，让我尝尽了民族风情的独特。

面对无垠的自然，我们卑微渺小；面对污浊的尘世，我们寻求超脱；我相信，有地平线的地方，一定是个高远、宁静、圣洁的地方，我将永远追寻她，去解这个谜。

普达措，梵文的音译，普度众生到达彼岸的"舟湖"；高原人少有见大海，便将广阔无垠的湖泊叫作海子；碧塔海和属都湖，像两颗剔透的水晶，镶嵌在雪域高原的群山环抱之中，寂静地滋养着一望无际的草甸。

普达措给我的感觉：一是静，静得毫无声响；二是净，净得纤尘不染。只想静静地待在湖边，看着湖泊安稳地躺在大山环抱之中，看着云朵安详地逗留在山腰之间，看着冷杉长出"胡须"守候在林中湖畔，恬淡而悠闲，安逸而超然。

清澈明亮的湖水，倒映蓝天白云，微风荡起涟漪；水被四周化不开的绿包裹着，天空中几缕阳光散落在水面，湖边的古树探出头，在浅浅的金色里摇曳；忍不住将手伸入水中，透心的凉意，让人理解了"高处不胜寒"的另一种表达。

一条悠长的栈道浮在湿地上，环绕湖边蜿蜒伸展，深深浅浅走过，吱吱嘎嘎作响，和着树林里清脆的鸟鸣，忙着在湖泊的眼中留下倩影；湖畔各种知名不知名的野花，繁星似的从厚厚的草丛中钻出来，贴着地面微笑。

绿色的牧场里，水草丰茂，地域空旷，农家散落，炊烟袅袅，牛羊在草甸上食草，铃声在山坡间荡漾，清脆而悠远，飘逸而空灵。

独克宗古城，千年雕琢的月光之城，是按照佛经中香巴拉理想国，用石头就着自然地势铺成的；这里曾有茶马互市的喧哗，也有兵戎相见的硝烟，保存着最好、最大的藏民居建筑群，石板路上深深的马蹄印，是当年马帮给时光留下的信物。

站在古城门口，迟疑了些许时间，有些望而却步，总觉得城里藏着许多神圣、不可亵渎而无法靠近的东西。此刻的我，不再是都市人，而是漂泊在滇藏边缘的背包客，是走进旧时光的朝圣者。

走进古城的老街小巷，一切都是陌生、幽静的，藏式风格的商铺随处可见，阳光透过木屋投下斑驳的光影，偶尔听见院墙内传来嬉笑声和狗吠声，心中充满着难得的安宁。

随意钻进一家小店，看藏饰，看唐卡，看黑陶，看骨雕，问这问那，充满了好奇；感觉累了，随性靠在街心白塔边晒太阳，闲看天上流动的云朵，静观街边威猛的藏獒。

眺望古城背靠的小龟山，最抢眼的是那座金碧辉煌、直插云霄的巨大转经筒，在蓝天白云间吟诵着经文，护佑着这片神奇的土地。

夕阳西下、夜幕降临时，四方街广场格外热闹，男女老少、国内国外、认识不认识的都手拉着手，围成一圈载歌载舞，没有半点忸怩和生疏。

沿着周边的小巷走进去，两边店铺、旅社、酒吧鳞次栉比，在木质老屋的茶楼喝上一壶茶，品味着月光下的这座古城，内心有一种深入骨髓的安谧。

松赞林寺　有人说，到了香格里拉，似乎离神近了。噶丹·松赞林寺，犹如一座古老的城堡和神秘的宫殿，坐落在旭日先照的斯勒山冈上，耸立山顶的扎仓、吉康、扎拉菊三大殿宇雄伟壮观，东旺、扎雅、独克、结底、乡城、卓、洋朵、绒巴八大康参，象征藏传佛教的八瓣莲花，恰似香格里拉的瓣状，喻示这片净土的和平安宁。

匍匐百级台阶，来到全寺的中心和精华扎仓大殿，雕房建筑，兽吻飞檐，宝瓶铜瓦，金碧辉煌，神龛供奉着五世达赖及主要活佛的铜像。最显眼的是那些金刚杵梁的吉祥大柱，大殿可容纳千名僧侣结跏趺坐诵经。

在大小殿宇中踱步，仿佛置身于藏文化的博物馆，沉醉于香格里拉的经典中。长年不熄的酥油灯，预示佛光永照；喇嘛虔诚的诵经声，让人醍醐灌顶。其实，人与神之间没有鸿沟，沟通的中介便是宗教。

五彩经幡，又叫风马旗，蓝白红黄绿的彩布，金木水火土的生命，悬挂在雪域高原的每个山巅、隘口、湖畔的玛尼堆上，成为香格里拉的一道独特风景线。

过去藏族人好多不识字，只好请喇嘛在长长的布条上写段祝福的经文，五彩的布条在风中哗哗作响，声如人语，好像在喃喃祈祷，认为风可以把心中的祈愿送到神的耳边。

在藏族人心目中，山有神，河有神，万物都有神灵；我从没有在寺庙、教堂下过跪，因为它太威严，我也不相信屋子里有神；从某种意义上，我更看重经幡，它更接近自然宗教朴素、简洁的原义，更抒情，也更有哲学味。

我喜欢五彩经幡，不仅因为她在阳光下与蓝天白云共舞，为高原增添了美丽和壮观，更因为她像高原上的星辰，像藏族人信奉的图腾，如朝圣者手中的念珠，如康巴汉子强劲的身躯，讲述着一个民族的坚韧和不屈。

南诏大理

南诏发祥地巍山　在滇西高原的崇山峻岭中穿行，来到了南诏国的发祥地巍山。徜徉在古城的那些老街老巷时，一种久违的轻松和温情撞入心间，触动内心深处最柔软的部分。

那是一种原汁原味的古——古城楼、古街巷，隐约着古老时光的记忆，斑驳离落的土墙，长着青草的屋顶，倚门闲坐的老妪，还有那些古玩、字画、兵器、马灯、马鞍，让人想起这座古城的年龄。

宽敞的石板路，幽深的老宅院，随意地走着看着，找个小摊坐下，来杯大树茶，来碗耙肉饵丝，吃着品着，看人来人往，想天长地久，没有喧嚣，没有躁动，感受的是一份怡然自得的闲情。

巍山古城，是一部浸透历史尘烟的大书，传统文化以沉默的方式，不显山，不露水，不矫饰；登上拱辰楼，棋盘式街道尽收眼底，文笔塔孤独田间，封川塔伫立山巅；寺院、祠堂、书院，古色古香，风格各异，依然保留着明清风貌。

南诏国，是唐朝时期以乌蛮为国王、以白蛮为辅佐、集合境内各民族建立的政权，疆域包括云南全境及四川、贵州、西藏、缅甸、老挝、越南部分地界；古楼檐下"万里瞻天"、檐间"魁雄六诏"的巨匾，颂扬着蒙舍首领皮罗阁统一六诏的伟业。

文献名邦大理　云南古滇数千载历史，尤以滇西大理最为厚重，清代孙髯翁大观楼长联提及的"汉习楼船、唐标铁柱、宋挥玉斧、元跨革囊"等历史典故，皆出自大理。从某种意义上说，一部大理历史，便是彩云之南的历史。

眺望苍山之巅，积雪皑皑；细数十九峰，祥云朵朵；峰峦峡谷之间，溪流从山中涌出，飞瀑直泻千尺。清泉流过处，大理石天然纹理，似云树山川、人物鸟兽，可谓"块块皆奇，绝妙着色，危峰断壑，云崖映水，层叠远近，笔笔灵异，浑然天成"。

洱海清澈碧透，烟波浩渺，宛如一轮明月，静静依偎在苍山怀抱。荡一叶轻舟，漾洱海之上，船帆点点，鱼鹰雀跃，渔歌唱晚，便入"百二河山云天外，三千世界境中天"

的意境。洱海之滨，良田万顷，田畴阡陌，白族男女，你对我唱，悠扬民歌此起彼伏。

大理古城，伴随唐风宋雨，南诏国、大理国先后建都，是当时云南政治、经济、文化中心。高两丈五、厚两丈的城墙，敦厚结实，用蛋清和糯米黏合的城砖、垛口和敌楼群，仿佛随时抵御飞来的箭羽，南北门外的护城河、洱海和苍山的天然屏障，构筑了一座固若金汤的城池。

城南，南诏太和遗迹、德化碑、感通寺，一字排开；城北，崇圣寺三塔，彪炳史册，塔上有沐英后裔世阶题"永镇山川"四个大字。细品大理古城，兼得苍山伟岸粗犷，洱海清澈润泽，白族民居四处点缀，俨然一幅水墨丹青的民族历史画卷。

整个古城仍保持着明清的棋盘式格局，从南到北，自东向西，青石板路贯穿其中，深街幽巷，溪流纵横，柳暗花明；家家剑川木雕如龙似凤，户户照壁庭院满园春色，山茶争奇斗艳；厅堂正屋摆放大理石桌椅、屏风。

满月的夜晚，整个古城像精灵似的，洋人街的酒吧、西餐屋、料理和烧烤店都掌了灯。三五成群的游客围坐桌前，有的吃着牛排、沙拉，有的喝着茶、聊着天，有的对弈打牌，有的若有所思。老外手里端着生啤或咖啡，悠然自得地靠在藤椅里，以主人特有的目光，打量着熙来攘往的游人，尽情地以西方的浪漫方式，品味着东方古国的文化和风情。

这座以风花雪月、山光水色而闻名的城市，装满了能让时间留步的温柔；古城巷口，洱海边上，青瓦白墙的房屋，鹅卵石砌成的围墙，种着花草、卖着银饰、做着扎染的白族人家，处处能感受到生活中细碎的温馨和浪漫。

沙溪寺登街　剑川是滇西北高原古韵流芳之地，沙溪寺登街是茶马古道上保存最完整的集市。残旧的铺面分立两旁，巷道的尽头是四方街，整个街面用红砂石板铺筑，街中心有两棵百年老槐树。

昔日四方街商贾接踵，南来北往的商人穿梭于街场店铺，交换茶叶、马匹、药材、皮货；214国道修通后，车马扬起的泥土尘封了历史的记忆。喧嚣的街道日渐冷清，偶尔有农夫赶着驴马、牛羊经过，传来悠长的铃铛声，街道上或深或浅的马蹄印，似乎还昭示着曾经的繁荣。

古戏台是四方街最有特色的建筑，高三层，前戏台，后高阁，是当地白族人家敬奉魁星的地方。古集市鼎盛时期，这里昼夜有歌舞表演，如今重大节日里，白族艺人在这里演奏洞经古乐、跳传统的霸王鞭。与古戏台隔树相望的是兴教寺，集儒教、佛教于一身，存有大雄宝殿、天王殿及二十余幅壁画，《太子游苑图》是南诏、大理国宫廷生活的写照。

最能体现茶马古道集市风格的，当属街巷两旁的前铺面后马店的木质房屋，铺面的长条柜台，是交易时货物、银子的存放处。马店客人房间的板壁上，有铜钱形状的小孔，是马锅头用来观察马群情况的，铜钱形状大概是财源广进的意思。

秀色丽江

丽江古城，水是古城的血脉，整个布局是"先理水，再建城"，或是"以水为脉，顺其走势"；建筑是古城的肌肤，"三房一照壁""四合五天井"，吸收了汉族的砖瓦、藏族的绘画、白族的雕刻等精华，形成了自己独特的风格。

顺着河流入城，河岸杨柳垂荫，绿树红花相映，光滑的青石板街透着悠悠古韵、深深市井。店铺大多以木架承重，以青瓦盖顶，土坯砌墙，飞檐翘角，旧楼斑驳的墙面，繁华中透出几分沧桑。

清澈的溪水，或在门前，或在屋后，或绕墙而行，或穿堂而过，几乎每家每户都有潺潺水声。小桥流水，古街古巷，青苔石阶，傍水人家，像一个慵懒而雍容的贵妇人，沉稳练达，典雅庄重，没有了浮躁和喧嚣。

　　沿着四方街周边小巷走进去，随处可见斑驳的牌坊，上面刻着一些有意思的字。屋檐下，石桥上，纳西老人相拥而坐，悠闲地晒着太阳、聊着家常。赋闲的纳西男人品茶、遛鸟、写字、吟诗、养花，当家的纳西女人缝补浆洗、杀猪宰羊，操持着生意和家务，黝黑的脸上留下了高原隽永的阳光和艰辛岁月的痕迹。

　　走进木府，被"官室之丽、似于王者"的气势吸引，领略到纳西族紫禁城的风采，感受到以"知诗书守礼仪"而著称的木氏首领叱咤风云的豪迈。

　　当年土司的议政殿，端庄，宽敞，气派，凝神静气伫立其间，仿佛还能听到土司威严的声音。万卷楼藏有千卷东巴经，百卷大藏经，六公土司诗集和名士书画，件件翰林奇珍，学苑瑰宝，不禁为纳西人推崇知识的灵慧折服。

　　慵懒束河　相对于丽江的嘈杂和喧嚣，束河无疑是慵懒和安静的，是一个心灵驻足的地方。

　　古街，古道，古桥，古树，以一种沉静和质朴的方式，折射出纳西族古老的文化；小溪，垂柳，客栈，酒吧，以一种柔软和温馨的方式，抚慰着都市人疲惫的心灵。

　　街道两旁的青石板路，马蹄踩出的痕印，诉说着古道的繁荣，飘荡着马帮的铃声；玉龙雪山流下的清泉，蕴含着冰雪的洁净，映衬着蓝天的湛色。

每个客栈都有一种家的感觉，名字也很独特，古朴而不失传统的幽雅，陈年而不显岁月的沧桑，简单而不见庭院的单调；散漫地窝在客栈的旧木屋时，遥看窗外的碧树绿叶，闻闻花草的清芳，洗去仆仆风尘，满身的轻松和自在。

　　"九鼎龙潭"水质清洌，流经古镇，家家门前有溪，户户出门过桥，束束水草半沉半浮；商号内，老板和游客坐柜台内外，漫不经心地聊着，没有一丝讨价还价的味道，倒像是两个交往至深的故友。

　　最舒服惬意的，莫过于坐在酒吧、茶室的露天座位上，喝喝酒，饮饮茶，发发呆，晒晒太阳，旁边就是潺潺的小溪，还有柳枝不经意拂过脸颊，来自天南地北的人们坐在一起，彼此不认识，彼此不设防，尽情地享受闲适静好的时光。

走进和顺

　　我一直相信，那些古老的遗存、传统文化的残留，总是以一种低调的方式，蛰伏在偏远的重丘林壑之中，或者深藏在陈旧的街巷门扉里，偶尔的闪现，会让人有些措手不及。

　　过去对腾冲的了解，只知道三句话："万年火山热海，千年古道边关，百年翡翠商城。"当不经意间走进和顺这个极边古镇时，我被这里依山傍水的宗祠、村头巷尾的牌匾、倒映楼阁的龙潭以及浓厚的腾越文化深深吸引。

　　和顺是个四面环山的小平坝，古名"阳温墩"，明洪武年间军屯戍边而建，因境内有条小河绕村而过，更名"河顺"，后取"士和民顺"之意，雅化为和顺。镇内清溪环绕，垂柳拂岸，古树葱茏，村妇捣衣声不绝，一群鸭鹅或伸着脖子在河边捉鱼虾，或扑打着翅膀舒活筋骨，或悠然地用嘴梳理着身上的羽毛，透出乡村的安详、纯朴和宁静。

百岁坊雕饰精美，雍容华贵，是和顺人长寿的象征。文昌宫殿阁雄伟，石栏回环，气势轩昂，是和顺文化的摇篮。左右楼阁下镶嵌的《和顺两朝科甲题名碑》上，记录了历史上曾经出过的大批举人。元龙阁的名家名联，和顺图书馆的古籍珍本，艾思奇故居的清幽典雅，印证了这里学养丰厚、人杰地灵，使这座中缅边境上的商旅村镇，少了些匆忙和嘈杂，多了些闲适和书卷气。

和顺人崇尚"商儒相通、贾政结合"，自古有"玉出腾越"的说法，大量商人走夷方、闯天下，使和顺成为西南丝绸之路著名的桥乡。翡翠大王张宝延，四朝国师尹蓉，桥头老爷寸玉，都是经商从政、联系海外的佼佼者。这些高官、巨贾衣锦还乡后，建宗祠，造民宅，立牌坊，开学堂，形成了大规模的明清建筑群，无疑昭示了这片土地曾经的兴旺和繁荣。

坐在双杉树下、龙潭水边，听着老人讲着和顺久远的故事，心灵受到前所未有的震撼，不禁为和顺人奋斗发家的业绩由衷敬佩。然而时光易逝，曾经的精致华贵已经散去，这块宝地显得如此沉寂，不再有响亮的名字出现，让我想起那句感伤的歌词"只为今天的村庄，还唱着过去的歌谣……"。

千年古道

茶马古道　在滇、藏、川大三角地带的丛林沟壑中，绵延盘旋着无数条从古至今就存在的神秘古道，这就是世界上地势最高、山路最险、距离也最远的茶马古道。

西藏出产良马，云南、四川出产茶叶；长期征战的内地需要马匹，肉食乳饮的藏区需要茶叶助消化、解油腻，一个出产，一个需要，"茶马互市"使这条商贸古道应运而生。

茶马古道主要有两条：一条是滇藏线，从云南西双版纳、思茅出发，经大理、丽江、中甸到西藏的察隅。另一条是川藏线，从四川雅安出发，经泸定、康定、巴塘到西藏的昌都。两条线经拉萨到尼泊尔、印度、缅甸等国。在主线周边地区，还有无数条蛛网般密布的支线。

马锅头、马脚子、骡子是马帮的基本构成，铃声、蹄声是古道的主要标志。马帮长期在野外风餐露宿的生存方式，赋予了茶马古道浪漫而传奇的色彩。长达数千里、耗时几个月甚至半年以上的漫长旅途，造就了马帮为人称道的冒险精神。

茶马古道上物资的运输和交流，必然带来各种文化的广泛传播和相互影响。宗教文化像大树的根须一样延伸到这片区域，藏传佛教与本土宗教、儒家思想混合并存，形成了多元的宗教文化，促进了大理白族、丽江纳西族、川西羌族与藏族之间的民族文化交流。

茶马古道还是一条转经朝圣之路，沿途的岩石上、玛尼堆上，绘制着无数佛陀、菩萨、高僧的形象，雕刻着一些神灵、动物的形象，飘扬着五彩的经幡，这些或粗糙或精美的造像和祈物，为茶马古道漫长而艰辛的旅途，增添了一份神圣和庄严。

随着时代变迁，茶马古道承载的商贸功能已经消失，很少能见到成群的商队，但作为一条文化传播古道，一直延续着几千年的沧桑和辉煌。

五尺道，悬挂在峭壁与峡谷之间，坚强地盘旋；穿越在两千年时空的缝隙之间，坚韧地蜿蜒。秦汉的雄风，唐宋的繁荣，明清的风雨，历经沧海桑田，把关道和关隘，演绎成衰草、残砖、断瓦的传奇。

五尺道，起僰道，经朱堤，抵建守，崎岖而来，蜿蜒而去；书页中泛黄的文字，诉说着川滇古道的辉煌。穿过凌云关、雪山关、豆沙关，跨过海瀛客栈、中和客栈、塘坝客栈，可以看到运送丝绸、茶叶、盐巴、布匹的马帮、背夫和挑夫。

五尺道，荟萃了入古滇、出西蜀、上中原的文化，用千年岁月驮来了商业文明，用绝壁悬棺讲述了扑朔悬念，用袁滋摩崖临帖了帝王胸怀。五尺道的马蹄印，依然闪耀着青色的光芒；五尺道的马铃声，仿佛还在崇山峻岭中回荡。

五尺道，承载着古韵新风，长长短短的故事，演奏出历史和现实的交响。久远的声响，惊醒了沉睡的土地；岁月的鞭子，刷新了时代的页面。

陈年普洱

普洱，哈尼语，"普"为寨，"洱"为水湾；普洱茶，大叶种茶，茶性丰厚，几十年上百年存放后，才有深度和内涵。

普洱茶的历史，可追溯到唐朝，定名普洱是明万历年间的事，清雍正到光绪走向盛期，金瓜贡茶是上品，用女儿茶制成团茶、茶膏，呈现金黄色，深受朝廷喜爱。

在倚邦、易武、攸乐、革登、莽枝、蛮砖六大茶山中，易武面积最大，成为贡茶的采办地；福元昌，同庆，同兴，宋聘，都是清末民初的老茶号。

作为一种有记忆的茶，普洱浸润着岁月的秘香；老茶是"喝掉的古董"，喝老茶的人，像玩古董字画的收藏家；拥有古董字画只是过客，喝老茶方能把岁月的感受融入体内。

在浓酽和醇厚中，贮藏着时间的重量，那些号级茶、印级茶、七子饼茶、乔木茶，经历岁月的尘埃和命运的沧桑后，变得老成持重，像是品读历史和尘封的往事。

一饼普洱，藏在不同地域、不同时间，会有不一样的味道和品性；几十年的光阴，始终偏处一隅阴凉，始终自由自在呼吸，这样的普洱，才是至爱之物。

品味普洱之道，喝熟茶，品老茶，藏生茶；熟茶三五年后就好喝，生茶未经发酵，须四五十年存放才能成为老茶。

普洱得益于收藏，是光阴对细节的耐心雕琢，是时光流逝中的等待和守候，在静默守望中，生活上升为艺术。

品饮普洱，还是一种顿悟，是用时间去完成的修行，是茶禅一味最好的注释；品饮普洱，仿佛不是茶客，而是游客，在茶山深处闲观茶女采摘茶叶，或在茶马古道聆听马帮铃声蹄响。

娇山柔水普者黑

大凡天下美景，以养眼养心为上。"普者黑"这个名字，彝语是"鱼虾多的地方"，给人一种神秘的气息、想象的空间。

那里的山，生得小巧、秀气和灵性，像是宠物，让你慢慢抚摸、欣赏和把玩；那里的水和荷，都是大片大片的，说不清是水上的一片荷，还是荷上的一片水。

那里的山，是从水里长出来的，一些岚霭在山间断续着，红椿、香樟、云杉往山上挺拔，红盏花、黑节草、马兰在崖壁间争妍，有的山岩上还凿琢着原始的图腾和生活的场景。

好多山都有洞穴，有的可划船进入，敲击那些磬石，会发出悦耳的声响；几束光线一照，几缕春风一吹，几滴雨水一滴，像珠落玉盘，显得晶莹剔透、瑰丽多姿、色彩斑斓。

依水而建的房屋，多半是干打垒式，土黄的墙，暗灰的瓦，屋檐下垂挂着玉米和辣椒，那是农家的色彩、纯朴的性情；吱呀一声，哪家屋门敞开，谁家女子走下石阶，细腰弯曲，一桶清水便提在了手上。

小船顺着水行，绕着山转，盘盘荷叶上总有几滴水珠滚动，鱼儿悠闲地在水中游荡，看似在浅处，伸手却怎么也抓不着；远方来的人划着小船，船与船相遇，免不了打一场水仗，做一次善意的交流。

黄昏以缓慢的速度，将山水聚拢成一种安宁，那安宁的色调又被一轮明月把握着，月在云间行，又在山间隐，密密匝匝的野荷，挤挤挨挨在一个秩序里，迎接着月亮的洗礼。

撒尼人的歌声，在荷丛中升起，无伴奏、无杂质的天籁之音，透过荷叶传得很远，这边唱了那边和。水边的空地上，农家点燃了篝火，吃吃烘烤的鱼虾，喝喝当地的土酒，在相互追逐中抹个大花脸，在大呼小叫中尽情消受难得的放松时光。

多彩多情多依河

在风景如画的罗平，有条多彩多情的多依河，她清纯柔情、羞涩水灵，宛若养在深闺的美人胚子。

她的翠绿、嫩绿，是两岸葱茏的树枝浸染的，每根树桩都是天然的根雕，在我的遐想中，只有那些在水边浣衣的少女遇见心上人，才会将翡翠之纱搁在轻柔的水面上。

水滋养着树，树呵护着水；水把温情留给树，树把欢乐送给水；两岸古老的榕树，坚毅地向河中伸展，似乎坚守着生死相依的诺言。

水与树的结合，有的听涛，有的逐浪，有的卧波，有的闻涛起舞，有的仙女出浴，有的魂兮归来，构成一幅美妙的天然画卷。

水树相依是多依河的灵魂，水与树糅合成的风景，好似一件披在女人身上的绸衣，浅浅淡淡地闪烁着泽亮的光晕。

　　阳光透过树叶，斑驳、细碎地洒在水面上，河水时而缓慢、时而湍急，平缓的河段似温婉的少女摇曳身姿，湍急的河段像威猛的汉子奔流不息。

　　宽敞的水面上，漂来悠悠的竹筏；钙化的流滩里，挂着多彩的水帘；她像一块晶莹的碧玉，镶嵌在深邃的山谷中；像一条轻柔的飘带，撒落在布依族的村寨里。

　　两岸稻花飘香、翠竹满山，远处的吊脚楼，冒着缕缕炊烟，传来吹叶情歌；古老的水车，旋转着不老，在吱吱呀呀的吟唱中，送走黄昏，迎来黎明。

翁丁佤寨

沧源，再往南走几十公里，便是缅甸的佤邦。当彩炮响起、木鼓擂起、黑发甩起的时候，我们走进了翁丁佤寨。

翁丁，是连接山水、云雾缭绕的地方，简陋的茅草房，原始的部落风情，神秘的图腾崇拜，显现着这片土地的古老和纯朴。

牛头桩，木鼓房，狩猎图，神林，每一处景致，都是神奇的传说，都是久远的历史；牵藤的葫芦，耕地的牛犁，剽牛的利箭，寨主的咒语，每一种标记，都是民族的野性，都是真诚的祝福。

黑色是神的色泽，在千年的岩石上，流淌着阿佤人的崇拜；黑色是太阳提炼的颜色，在纯朴的佤寨里，流露着阿佤人的粗犷。

夜幕降临，篝火点燃，大伙手牵手、臂挽臂，围成一圈跳起来。阿佤山的酒，使人热血沸腾；阿佤人的歌，使人身姿飘逸，那是一种冲破羁绊、忘却烦扰的朴实和简单。

夜深了，山寨静悄悄，任流水弹出心事，长老的心里话，都泡进酒碗里；月亮升起来，越过婆娑的树影，幻成小伙的情愫，化成少女的眸子。

古树耸立，葱翠环绕，小径通幽，晚风轻柔，不识趣的小狗，总在月下吠几声，惊扰了村寨的寂静。

德宏，一个美丽的地方

提起德宏，总会想到杨非创作的那首歌曲《有一个美丽的地方》，许多人对傣族、对德宏的最初印象，是通过聆听那首歌曲获得的。

轻盈秀丽的大盈江蜿蜒而来，远远望去，缥缈如烟，水平如镜，似一条闪光的玉带；沿江两岸，远山隐约，林荫染黛，绰绰影影，逐渐散去的薄雾，像一缕飘柔的轻纱。

翠竹掩映的傣家村寨，升起袅袅炊烟，隐约可见傣家少女挑水的倩影；水牛悠然地散落在乡间田野，村头简易的竹桥伸向江岸，戴着鸡枞斗笠的农妇从桥上走过，竹桥发出咯吱咯吱的响声。

霞光穿过凤尾竹，把修长的影子拉在江里。傣家少女下河沐浴，穿着齐胸的筒裙，散开如瀑的长发，舀起一瓢瓢水，溅起温柔的水花，尽情勾勒着窈窕动人的靓影。

芒市步行街，人群熙来攘往，摆满了热带水果，清新的甜竹笋，爽口的清蒸腐鱼，苦得皱眉的撒苤，散发着浓郁的缅傣风味；勐焕大金塔，供奉着佛教信使阿弯的塑像，聚集着小乘佛教的信徒和观光者。

瑞丽姐告，三面与缅甸木姐接壤，仅一栏之隔，一个村寨跨境而居，同饮一江水，同赶一条街；友谊街遍布珠宝玉石、土特产品、手工艺品，可直接用人民币、缅币或美元购物。

竹子，是上天赋予德宏最美的礼物；竹林里居住的傣族、景颇族人家，每天都在绿色中劳作，聆听竹喧和鸟鸣，食竹柴烧的饭，饮竹笕引的水。

竹子，渗透在生活的每个角落，竹桌竹凳、竹碗竹杯、竹筐竹箩，随处可见。竹子，像德宏人的性格，阴阳相济，虚怀若谷，蕴涵一种坚韧不拔的品格和精神。

雄秀巴蜀

重庆这城
川江号子
回川南
成都，安逸之都
去雅安
神奇九寨

巴蜀对话

　　重庆和成都同属四川两大都市的时候，巴蜀文化似乎是一个整体，很少有人在意两座城市的性格；重庆成为直辖市以后，人们注意到了两座城市地域文化上的差异。

　　如果把巴文化比喻成冲突在川东雄山大水的力量之舞，那么蜀文化就是飘散在川西坝子的轻盈炊烟；历史上，巴尚武，蜀崇文，巴出将，蜀出相；狂热而强悍的巴渝舞，冬笋坝出土的古兵器，朴拙中蕴藏着粗犷和力量；蜀文化的源头三星堆，出土的青铜面具庄重而机智，东汉摇钱树的铜叶，大都制作成钱币、车马，做工精细。

　　重庆似一曲跌宕起伏的山河赋，成都像一首温婉秀丽的抒情诗。说地形，重庆山高路不平，成都一马平川；说性格，重庆人火爆耿直、大大咧咧、讲义气，多些叛逆的江湖气，成都人聪明内敛、讲究勾兑、稳得起，多些守成的市井味；就连饮茶也不一样，重庆人喜欢喝浓烈苦涩的沱茶，蹲在条凳上脸红脖子粗地"抬扛"，成都人喜欢喝芳香袭人的花茶，躺在靠背竹椅上慢悠悠地摆龙门阵。

进重庆，在歌乐山、渣滓洞，感受到的是壮怀激烈的铮铮铁骨，九死不悔的火热激情；长江和华蓥山养大的重庆人，有如高山大川，壮心浩荡。至成都，从千金难买其赋的司马相如，到薛涛井、武侯祠、杜甫草堂，总有看不完的人文古迹，抒不完的怀古幽情；川西坝子和都江堰娇惯的成都人，恰似小桥流水，风情万种。

因为水土、风俗、文化不同，巴蜀两地人有时会轻视对方，但正如同胞兄弟一样，依旧保持着剪不断理还乱的亲缘关系。

重庆这城

　　重庆，是个历史悠久、充满传奇的城市。秦时设置巴郡，汉时称江州，隋时叫渝州，宋时又叫恭州；宋光宗先封为恭王，后来当了皇帝，认为是"双重喜庆"，改名为"重庆"。重庆，是抗战时期"中华民国"政府的首都，后来又称"陪都"，国共两党精英汇聚，上演了一幕幕史诗般的话剧；渣滓洞、白公馆，留存着革命者的苦难和坚贞；曾家岩、红岩村，记忆着共产党人的品格和胸怀。

　　重庆，是个山水交融、大气磅礴的城市。山中有城，城中露山，九门十八坎，坡道、阶梯与拔地而起的高楼犬牙交错。长江、嘉陵江的豪迈和奔放，深深烙印在重庆人的性格中，依靠水陆码头讨生活，自然多了些仗义和血性。"袍哥"遗风还在，性情暴躁，民风凶悍，冒皮皮，砣子硬，决不拉稀摆带，宁愿把老婆交代买衣服的钱，花在招待朋友的酒桌上。

重庆，是个复杂、怪癖、吊诡的城市。当年湖广填四川，重庆人来源鱼龙混杂，既有行侠仗义的铁血好汉，也不乏恶俗猥琐的江湖骗子；江边上走的是水性好的混江龙，路边上坐的是两肋插刀狂躁崽儿；既土又洋，既有地方风骨，又有开阔眼界。

重庆，是个有朝气、有活力的城市。重庆崽儿穿着短裤、光着上身烫火锅、喝啤酒，是炎热夏天的一道独特风景。雾都的天气把重庆妹儿蒸得水灵娇媚，时尚的穿着将身段拿捏得恰到好处，有一种山的险峻、江的泼辣，说话做事风风火火，偶尔蹦出一两句粗话，倒让人觉得几分实在和可爱。

朝天门码头，是这个城市的水上门户。长江、嘉陵江在朝天门码头相遇，形成绿黄相交的"夹马水"，显现着黄金水道的繁荣。门名"朝天"，因明初定都南京，城门面朝帝都，蕴含面朝真龙天子之意。重庆开埠以后，外商争相设立洋行，进出船只穿梭如织。如今的朝天门，不仅是长江上游最大的商埠和客运码头，而且是一艘远航世界的巨轮。

磁器口，是这个城市的缩影和记忆。古朴的石板路、吊脚楼、老房子、茶肆酒幌，随处可见；传统的榨油、织布、手编、刺绣，目不暇接；听沿街叫卖，尝传统小吃，看木槌糍粑，观书画工艺铺，闲情逸致。老重庆的缩影，"小山城"的美誉，官员政要、文化名流的出入，使这个小镇闻名遐迩。

棒棒军，是这个城市的流动风景和雕塑力量。黝黑的皮肤，有力的腿臂，一根光滑锃亮、拴着尼龙绳的竹棒，一脸憨厚的笑，一眼企盼的神，等待拎东西的过客。无论在繁华的街道，还是在迎送的码头、车站，无论是商场大宗货物，还是市场菜肉油米、旅客大小行李，只要货主招招手，棒棒挑货跟着走。为生计流着汗，为家庭拼着命，一道道坡坎，一座座高楼，留下的是艰辛的足迹，远去的是湿透的背影。

龚　滩

　　龚滩，是个霸王滩，浩浩南来的乌江水流到这里，受到两岸山石的挤压，发出惊心动魄的吼声，"乌江滩连滩，十船九打翻"，那撕心裂肺的号哭，激起两岸猿声啼不住的悲切回应。

　　龚滩镇，前有乌江流过，后有凤凰山依托，一排排吊脚楼顺山势而建，一面靠街，三面悬空，靠木柱支撑，登楼而望，有清风揽月、临江听潮的意境。那些伸向街心的屋檐，将天空裁成细窄的一线，漏下灰蒙蒙的阳光，衬托着古巷的幽静。

　　古镇隔江相望的山崖，如刀斩斧劈，高大挺拔，似一位饱经风霜老人，见证和记录着龚滩的变迁。石板街上的小窝，是当年背盐巴的挑夫，在歇脚时用钎棍长年累月杵出来的，石板被赤脚、草鞋、胶鞋踏磨得光滑亮泽。

老街中心地段的"西秦会馆"，是当年陕西客商聚会交流的场所，虽然旧尘蛛网、朽木残窗，但高墙、大院、巨柱、长梁仍然披着斑斓的色彩。"大业盐号"代表古镇建筑水准，整栋楼以凿挖活扣连接，石岸固定木桩与楼柱处用巨石锁定套孔，形如一盏硕大的宫灯。

古镇人的生活习俗里，最有趣的是檐灯，灯光从半透明的防风纸中透出，似温暖的召唤，想当年，不知有多少船只停泊在滩边，也不知有多少水手、商人拖着疲乏的身子，走向古巷的灯火阑珊处。

印象最深的还是冉家院子，院内有土家大石磨、风簸、老礁等生活用品。在幽深的古巷中漫步，内心不再匆忙，坐下来与老乡聊聊天，尝一尝乌江鱼，喝一盅土家人的苞谷酒，一切的悠然自得便在其中了。

川江号子

在千万条纤绳勒进的岩石上，寻找一丝忧伤和孤独，寻找一曲发祥于川江、成长于纤夫的悲壮号子。

一根根绷紧的绳索，勒进了活生生的血肉，在川江朝天的方向，拖着沉重的孤帆、困倦的步履，伴着粗壮的吆喝声，伴着嘿哧嘿哧的喘息声，攀山而行，逆水而上，劈开了坚硬的岩石和回望的足迹。

湍急的流水，乌鸦的凄叫，水鸟的翱翔；低头弓背，抬头揽星，日月可鉴；血红的落日跳进船舱，张扬着个性；河滩的白帆遮天蔽日，站立着伟岸；勇敢的船工写满水纹，流淌着血泪。

撼人魂魄的川江号子，随峡风飞舞，随江滩咆哮，在川江的上空，喊出了连天的群山，喊出了生命的不屈，喊出了天地的苍茫，喊出了江水飞泻的雄浑与豪放。

　　川江的许多故事，慢慢被时光磨蚀，只留存于回忆中；那条江水曾经的悲欢生死，孩子的憧憬，老人的阅历，诗人的梦想，百万人的生活印记，与三峡的风景一起沉入了江底。

回川南

酒城泸州 泸州，这座依山而建、绕山而起的地级城市，凭长江、沱江舟楫之列，扼川渝黔滇之要冲，老窖之乡，历史悠久，商贾云集，市井繁华。

当不经意散步到龙泉桥时，从老营沟飘来那股醇香，会让你微醺、沉醉，这里是泸州老窖最早的作坊，是"国窖1573"的摇篮。

泸州酿造业始于秦汉，兴于唐宋，盛于明清。明代万历年间流传至今的老窖池，被业界称为"第一窖""活文物"。老窖酒的酿造技艺，经过岁月的历练，已经达到炉火纯青的地步。

泸州老窖有"三圣"：元代郭怀玉发明大曲药甘醇曲，誉为制曲之父；明代舒承宗始创窖固态发酵之法，誉为浓香鼻祖；民初温筱泉酿制的老窖，在巴拿马万博会上获金奖，成为将中国白酒推向世界的第一人。

泸州人敬酒、懂酒、爱酒，如老窖一样热情，有朋友自远方来，先是美酒奉上再点佳肴。和他们一起喝酒，很少喝到假的，因为大都是行家。对于酒，大多来者不拒、饮而不醉、醉后不乱；看他们喝酒的快活样子，让不喝酒的人也端起杯子整两口。

在泸州，喝酒不是男人的专利，女人也善饮，略扬杯酒已下肚，洒脱地亮出杯底。酒中巾帼没有滥饮，用特有的敏锐分场合看人事，时而浅酌算是随意，时而深饮表达诚意，以酒聚庆，以酒传情，以酒抒怀。

到了泸州，才知道什么叫慵懒和悠闲，什么叫自在、平常和"吃"的美好；大排档围拢坐坐，美酒满满，人气旺旺；鱼头火锅、猪儿粑、荤豆花等满街飘香，不用吆喝就能把人吸引过来。酒城的人们，在百年老窖的香熏中生活，在长沱江水的涛声中入梦。

尧坝　在好友的陪同下，我们从泸州乘车前往尧坝。那段三十来公里的山路，因乡间赶场堵塞竟跑了两个小时。好在一路上有办红白喜事的，敲着锣、打着鼓、吹着唢呐，甚是热闹，煞是有趣。

我们沿着进士牌坊拾级而上，便进入尧坝古镇。老街很静，没有游人的喧闹；老街不长，抽锅旱烟可从东头牌坊走到西边榕树。老街确实有些老，老得自然、真实，有生活的原味。吃碗荤豆花，拌碗凉面，喝杯茶，不必去计较价钱，谁也不会骗你坑你。

假如把江南古镇比作清丽婉约的水乡女子，那么尧坝古镇则像粗犷厚重的山里汉子。走在尧坝街上，踏着脚下硬邦邦的块石，一种铁骨铮铮、有棱有角的触觉，顺着脚跟直往心头蔓延。

进士牌坊是尧坝的脸，是乡亲心中的丰碑，虽然在岁月风雨的侵蚀中有些沧桑和疲惫，但石雕上闪烁的依然是那一抹清辉。娶回家的媳妇，嫁出去的闺女，外出求学的子女，衣锦还乡的商贾，凝视着那牌坊，都有一种特别的牵挂和熨帖。

尧坝的出名，得益于王朝闻、凌子风等文化名人的艺术成就。王朝闻故居敦实而庄重，那浸润地气的木屋，那天井泻入的阳光，那青苔染绿的石阶，让我想到先生那一摞摞排立有序的线装书。凌子风影视陈列馆，一棵古榕树几乎把十多平方米的天井占尽，树根像龙爪密密匝匝地嵌入地下，树枝由树身往天井上空延伸，好似一位老翁铆足劲地伸腰引颈眺望四野。

街面上的店铺半开半掩，有卖锅碗瓢盆的，有卖针头线脑的，还有卖锄头镰刀、竹木器具的。街边稀疏摆着几把凉板竹椅，躺着闭目养神的胖妇，偶尔睁眼呵斥旁边偏姿歪倒学步的娃儿。往茶馆里看，清一色竹椅木桌，茶桌上摆着陶瓷茶碗，跷脚的茶客衣着简朴，嘬茶、嗑瓜子、冲壳子的悠闲神态，瞬间在脑海里定格。

蹲在一个编草鞋的大爷跟前端详，老人家的手上布着斑点，满头的银发，那是光阴的痕迹。不时看着一些背背篼的乡民，头缠丝帕，脚穿草鞋，紫铜色的面额上留下深深的皱纹，那饱经风霜的神情，让人想到罗立中的油画《父亲》。

福宝镇　福宝镇与江南古镇比起来，虽然显得有些寒碜和冷清，但与那些仿造的古建筑比起来，却多了一分熨帖，多了一些"清水出芙蓉"的韵味。

走进老街，映入眼帘的是青瓦白墙、一楼一底、前店后宅的民居；吊脚木楼随山势而建，错落有致；青石街巷起起落落，蜿蜒伸向远方。

古镇悠悠，古树苍苍，街巷里没有嘈杂的声音；在穿街过巷中观赏，感觉安静、纯朴、自然，仿佛一切现代的物什都屏蔽于外。不论你走进谁家院，跨进哪家门，都可以随便参观，随和的老乡还会和你开几句玩笑。

镇上寺庙祠堂较多，大概是以此聚人气、聚商贾。在我的印象中，祭祀的偶像非佛即神、非圣即贤，代表善的都应该尊崇；没想到五祖庙敬供的居然是瘟神，将瘟神束之高阁，作揖磕头，以求自保，或许是人性的自卑，或许是对疾病的无奈。

张爷庙是祭祀做过屠夫的张飞的，张爷的叫法比桓侯更通俗、更近人情，主体建筑是戏楼，左右是两个看戏的小楼，看戏是从前主要的文化生活，四书五经，诗词歌赋，只有少数人能玩；锣鼓一响，男宾左楼，女宾右楼，丫鬟仆人只能站在地上看。

清源宫石柱上镌刻联语"从蜀国特建奇勋，开文翁成都兴学之先，振起千秋水利；在离堆长留胜迹，溯大禹岷山导江而后，又增一样神功"，上联说文翁兴学，是四川人文之祖；下联说李冰治水，使"泽国"四川变成天府。

看过三宫八庙、惜字亭之后，来到一棵老黄桷树下，与几个健谈的老人聊天，其中一位曾经是哥老会的成员，说起"袍哥"便来了兴致，两个大拇指竖起来，右腕搁到左腕上，我不解，他解释说："我是大爷，大爷就是舵把子。"在交谈中还得知，镇上有一百多户人家，九十岁以上的老人竟有二三十人，真是福宝之地，难得的百岁场镇。

李庄，曾是川南著名的移民口岸，当年"湖广填四川"，大批移民逆流而上，一部分在李庄登岸。这座寄托乡愁的古镇，仿佛永远替那些逝去的人，凝视着登岸的码头和东逝的江水。

悠长的石板路，高耸的封火墙，雕花的门窗，古意犹存。那些狭窄的巷子，像一篇朴实无华的散文，读起来清丽、委婉、纤巧。居民在巷子里摆出竹躺椅，一边摇着蒲扇，一边拉着家常，念着小巷一样曲折的故事。

古镇最著名的是"九宫十八庙"的古建筑群，规模宏大，精雕细凿，古朴典雅，深得明清川南建筑风格。其中，螺旋殿，魁星阁，白鹤窗，九龙石碑，被建筑大师梁思成先生誉为"李庄四绝"。

历史悠久却并不守旧的李庄，让一切在偶然中实现得那么顺理成章，抗战爆发后，同济大学、中央研究院、国家博物馆先后南迁这里，还带来无数国宝，使这个原本无名的小镇精英云集，成为后方重要的文化中心之一。

同济大学的旧址东岳庙，现在是李庄中学所在地；中央研究院的旧址，已改建成李庄小学。一切都物是人非，那些人、那些事已在光阴中告别了。

位于月亮田的梁思成、林徽因旧居，曾是中国营造学社办公地，梁思成在这里完成了辉煌巨著《中国建筑史》，如今一个普通人家看守着那间老房子。如果所有人都像这位老人，源自普通人对文化的朴素尊重，一生为保护古建筑而奔走的梁思成，一定会泉下有知，感到欣慰。

成都，安逸之都

成都的安逸，安逸在市井。只有融入其中，才能体会到那般滋润和舒适；越是市井生活，越有原汁的味道；市井生活，让成都人活出了自在和洒脱。

成都的安逸在美食。成都是吃货的天堂，大街小巷，酒楼小店，到处都充满美味的诱惑。需要品尝可口的小吃，就得到街边的小摊儿或"苍蝇馆子"，无论是串串香还是老妈蹄花，无论是龙抄手还是赖汤圆，花钱不多就可吃个够、吃个遍。到菜市场买菜，可以买几个兔脑壳，边走边啃；也可以点碗肥肠粉，加两个冒节子，轻轻咬，慢慢嚼。

成都的安逸在茶馆。盖碗茶既有绿茶、红茶、花茶的飘香，也有茶碗、茶盖、茶船的派头；茶馆里有谈生意、吹散牛、搓麻将的，也有擦皮鞋、掏耳朵、修脚丫的；泡在茶馆里的成都人，不张不扬，不温不火，诙谐幽默，达观乐天，喜怒哀乐都随袅袅茶香慢慢蒸发了。成都人的生活，麻将是不可缺少的，围桌而坐的男女，手里、眼里满是麻将的影子；不能说这种生活就低俗，像服装一样，没有那个标签，便掉了档次。成都人的档次，不是羞羞答答的，而是可以展示给人看的；有时只能在心里感叹，不能在台面上说，说出来或说不好，便又掉了一个档次。

　　成都的安逸在锦里、宽窄巷子。锦里是西蜀最古老、最市井的老街，是成都版的清明上河图，以秦汉三国为灵魂，以明清风貌为底色，以民风民俗为背景，浓缩了老成都的生活和文化；有了锦里，对成都的念想便有了细节，带着饱满的记忆，滋养人生的情怀。宽窄巷子是少城片区保存完好的清朝老街，是朝廷为八旗兵及其家属修建的"城中城"；二十世纪六七十年代的家具、家电镶嵌在墙上，青灰色的砖墙屋瓦，宅院内的卵石小径，廊前的俏丽雕花，檐下的匍藤攀缘，无不映射着老成都建筑的文化痕迹。

　　成都的安逸在语言和心态。成都女人说起话来软软的，恰到好处安放在心上，即使是做作也是媚态的、婉转的，不能从她们的言语上寻找痕迹，只能从言语背后去琢磨、参透，温柔中透着几分热辣，热辣中透着几分体贴。成都人少见不满，即便是不满，也是藏在心头的，只是在公交上、巷弄里，一群人聚在一起，一人说多人评；言谈中，不能说拒绝，也不能说接受，只能静静地承受；那不是对生活的妥协，而是一种淡定的把握，一种放得开、收得住的心态。

福地黄龙溪

黄龙溪，地处成都双流境内，锦江与鹿溪河交汇处，与牧马山、二峨山隔江相望，说它是福地，只因江洲田园风情浓，山丘婉转树荫绿，河依老街吊脚楼，古刹钟磬临客船，更因是传说中黄龙显灵之地。

三国时期，诸葛武侯铸鼎屯兵，千百年来舟楫如梭、商贾云集。古街古巷，古宅古井，古作坊古衙门，随便捡拾一个，都是一种丰厚和沉甸。

沿着青石板铺就的街巷行走，脚步放得很轻，任何喧哗和粗鲁，都会惊扰满街的幽静；赏着木柱青瓦的楼阁、飞檐翘角的古寺、吱呀作响的水车、遮天蔽日的榕树，接触到地脉之气，内心闲适放松下来。

街巷两旁的木板房很古老，偶尔闪现白布或青布缠头的老人，扶着门框微笑着目送路人走过，很憨厚的样子。石板路湿润地映着天色，零星有些泥泞的脚印，铺面门槛，天井深院，酒旗茶幌，集市庙会，一切都仿佛散发着陈香。

古镇的水，给人灵性摇曳、本色大方的感觉，波光涟漪中，氤氲着嫩嫩、淡淡的青草味，溪水清纯流淌，着实让人心醉。

古镇的风，是轻缓并带着爽意的，别有一番浮于水云间的韵致，没有都市的匆忙和劳碌，以一贯的安详和从容，展现出"户庭无尘染、虚室有余闲"的乡镇画卷。

看游人戴绿草娇花的帽子是种美，赏文人墨客的飘逸字画是种美，把玩小巧玲珑的手工艺品是种美，吃一碗风味小吃、捏几条毛毛鱼也是种美，那种美的感觉是爽透骨髓的。

最有特色的莫过于那些茶馆，老虎灶，紫铜壶，盖碗茶，还有茶倌跑堂添茶的功夫；道两旁，河堤上，竹林下，摆满了小方桌竹靠椅，还有那哗哗啦啦的麻将声，无处不透着一股浓郁的川味。

夕阳的余晖，将古镇幻化成一幅剪影，河对岸的山冈，披上一身淡黄的轻纱，漫步在古榕树下，步履轻盈，款款有情，古镇的傍晚是娴静、舒适、幽雅的。

拜水问道

都江堰　带着对古代文明的崇敬和膜拜，怀揣对先贤的钦佩和追思，走进了恩泽川西平原的古老宏大水利工程——都江堰。

都江堰，在我的心目中，不仅是一种历史遗存，更是一种文化和智慧的符号。古时称都安堰，也称犍为堰、百丈堰，公元前 256 年，秦国蜀郡守李冰为治理川西水患率领民众修建，整个工程由鱼嘴、飞沙堰、宝瓶口三部分组成。

鱼嘴是建在江心的分水堤，将岷江水分导为内外两江，外江主要用于排洪，内江主要用于灌溉。飞沙堰是大堤末端的一座低坝，当内江水量过大时，将多余的水及夹带的泥沙、卵石排泄出去。宝瓶口是引水灌溉的咽喉，由人工凿开玉垒山而成。

为了纪念李冰父子及开凿者，民众在玉垒山修建了二王庙。这座庙原本是纪念蜀王杜宇修建的望帝祠，南北朝时将望帝祠迁至郫县，改塑李冰，取名崇德庙；宋朝整修，李冰父子封王后，改称二王庙。

都江堰虽然修建年代很早，施工手段也是原始的手刨肩扛，但设计理念和方法至今仍不落后。二王庙中的一处碑刻，道出了主建者的思想："深淘滩，低作堰。"其中蕴含很深厚的内涵：水是柔顺的，同时又是无拘无束、狂躁不安的，遏制它的野性，降伏它的肆意，堵并不是办法，最好是疏，缓解它的任性，将汹涌而来的岷江水，梳理成激缓有致的灌流，造福农桑，滋润大地。

站在视野开阔的鱼嘴堤，眺望水流回转的宝瓶口，似乎这座古老而智慧的水利工程，向人们讲述着许多平实而又深刻的道理：都江堰是用来治水的，而先贤又常把民众比喻成水，"水能载舟，也能覆舟"；爱水、顺水是治水的前提，而尊民、敬民则是治民的原则；无论是治水还是治民，都要在顺乎性情的基础上，进行必要的、合理的疏导和规范，既不能扼杀和毁灭其天性，也不能对其娇惯和放纵。

青城山，重山叠嶂，枝叶蔽天，掩映在繁茂苍翠的树木之中，以"天下幽"蜚声于世，是道教的重要发源地，成为各方问道的神仙之境。

曲径谷幽，古树参天蔽日；水声缥缈，缠绕于山间；群墓古韵悠悠，洞府仙风犹存；玄宗旨碑，武穆手书，文人墨客吟诗作石山，黎民百姓求嗣祈福。

或幽深，曲径有路花常锁；或幽清，苔深不雨山常湿；或幽香，似有似无沁心脾；或幽趣，野趣横生入画卷。

连绵的石阶，蜿蜒盘旋；满山的树木，葱茏苍劲；小鸟在林间轻轻呢喃，游人脚步轻柔，轻言低语，似乎不忍打破难得的清静。

"上清宫"门额，蒋中正题写，冯玉祥题有对联"上德无为行不言之教，大成若缺天得一以清"，还有张大千题名的"鸳鸯井"。

三清大殿供有太上老君、天师塑像，壁上刻有《道德经》五千言，陆游诗云："我亦宿诵五千文，一念之差堕世纷。"

涮笔崖，陡峭夹角，壁面平滑，石路狭窄，行走小心翼翼；慧根，盘根错节，附岩生根，字体雄浑，抚摸沾染智慧。

走在坚实厚重的山体上，满怀沉稳妥帖；翠竹作篱，松柏相伴；沾一襟清香，怀一颗禅心，冲香茗，燃檀香，寻闲情，悠然自得。

结伴而行

湿润的空气，温和亲吻裸露的皮肤；群山宽阔的怀抱，让人内心安宁；千年沉积的道观，让人从容淡定，这是人生不可或缺的底色。

峨眉天下秀

峨眉山，普贤菩萨道场，中国四大佛教名山之一。山势逶迤，景色秀丽，其形宛若美女的秀眉而得名。

放眼望去，整个山体长满植物，葱郁茂盛；湿润的空气，芬芳的草树，妙不可言；一座座寺庙隐现于翠绿之中，飘来一缕缕青烟，进山朝拜的香客络绎不绝；一处处景致既精巧细腻，又宽阔舒展，巍峨中透着灵秀，灵秀中不失大气。

入山的门户报国寺，匾额为康熙皇帝所题，寺内有尊彩釉瓷佛，是罕见的文物珍品。往上是伏虎寺，建有一尊胜幢，据说用来镇虎的。再往上是万年寺，殿的正中供着普贤菩萨的铜像。

攀行在山涧，时而与猴群相遇，那些猴子似乎经过点化，站在木栈道两旁，不惊慌也不逃避，一会儿跃到你肩上，一会儿摸摸你衣袋，不给食物别想走；更有甚者，趁游人不备，抢走拎包或帽子，弄得你好生尴尬，猴子却躲在一边做鬼脸。

山岭深谷间，溪水清澈，宛若锃亮的镜子，绿草随风在水面轻盈曼舞。帘帘瀑布，声声鸟鸣，和着咚咚的木鱼声，没有一点纤尘，给人纯净空灵的感觉。

登上金顶，眺望四方，云海茫茫，山峦起伏，让人体会到"峨眉高，高插天，盘空鸟道千万折，奇峰朵朵开青莲"的意境。雄浑的金殿，洁白的朝圣大道，气势恢宏，似乎不容万物抵触，视觉的风景幻化为心魂的涤荡，仿佛已经融入深邃幽远的佛境之中。

去雅安

上里古镇　出了雨城雅安，沿着一条峡谷往上里走，到处都是翠绿，绿得有些沁人骨髓，黏黏的肌肤，热热的体温，顿时清凉了下来。

老远处，就看见一座横跨溪水的石桥，在露出水面的石滩上，一群雅女挥槌洗衣，传来爽朗的笑声；一群稚童光着脚丫，在滩水上跳跃、追逐。

黄茅溪与白马河在街心合拢，像两个顽皮的孩子，每天都在镇上奔跑。石板路夹在小溪与民居之间，仿佛时光穿越，倒回到明清时期。

溪水哗哗流淌，水雾袅袅升腾，古镇朦胧起来，我也朦胧起来。时光在这里缓慢下来，没有嘈杂和喧闹，一切都是那样的朴实、随意、自然。

石墩上、藤椅上、木圈椅上，老人们坐着、躺着，晒着太阳、聊着闲话，那份安详舒适的样子，让人好生羡慕。雅女得山水之灵秀，天生丽质，面容俊俏，一句句温软话语，一款款轻盈步态，把曼妙演绎到极致。

昔日茶马古道上的驿站，在岁月风雨的洗礼下，风采依旧；熏得黝黑、悬挂玉米的老屋，在灿烂阳光的衬托下，古色古香。

小小的古镇，像一个尘封的梦，安静地隐在山里，肃穆中带着悠闲和自在。我想自己是个寻梦者，带着陌生和好奇走进，去寻找浮躁世界的安静。

沿街的吊脚楼，装饰了古镇的梦，我在朴素的小楼里，体会生活的平常；在斑驳的小巷里，感受时间的恍惚；在红军的走廊里，聆听战角的鼓鸣。

步入一家院子，只见窗镂空、檐翘飞、嵌雕刻，虽陈旧却精美。走进杨家小院、韩家大院，御赐匾牌，气派非凡；陈家的田亩，许家的女子，张家的锭子，令人惊叹和遐想。

站在老街的尽头，看光影和烟雾交融着不舍的情怀，看眼眸和心灵传递着难言的眷念；忽然间才明白，有多少前尘过往，就有多少蓦然回首；有多少人情世故，就有多少悲欢喜愁。

在蒙顶山品茶 走进蒙顶山，就感觉亲近，山势奇崛，群峰竞秀，云雾缭绕，似梦似幻，像一幅点染在宣纸上的水墨画。

山上风很大，感觉得到茶树"叶叶起清风"的声音，也许是风使我听错了，我好像听见山寺的钟声响起，湿润而清新的空气中，弥漫着淡淡的禅意。

我想，品茶的最佳环境是：在茅舍，不一定很大，只要有茂林修竹围绕，篱笆墙外，再有一条小溪流过；在山寺，杯中茶起着雾气，伴着暮鼓晨钟，袅袅飘去，如入禅境。

蒙顶山有悠久的茶文化渊源，是世界上最早种植茶树的地方，"扬子江心水，蒙山顶上茶"，蒙山仙茶自古闻名。遗憾的是，身在尘世中的我，很难抽出时间，放下忙不完的事务，放弃累人的名利，来到这清静的山中品品茶。

在永兴寺，有松柏参天，有清泉环绕，有幽兰供赏。师太给我们讲起一件事，说成都的一位官员，每周都要开车上山来，一个人坐下来喝茶，喝完茶又开车下山。真可谓品茶中人，这官能有这份闲情，兴许是个好官。

伴随蒙蒙细雨、丝丝寒意，我们步入"蒙山茶人之家"，主人冲泡了一壶红茶，不仅暖胃，而且驱寒。从井中舀一瓢品尝，甘洌清甜，沁入心田，仿佛百年的清香留在舌尖上，千年的回味留在仙境中。

在下山途中，我们特意到了"寺藏翠蔼深，门映苍松古"的智矩寺，这个汉代创建的古寺，在唐宋时期，僧人栽种、采摘、烘焙的蒙顶茶，成了名山县官府入贡朝廷的贡品，作为中国贡茶先驱之地，在茶文化史上留下了厚重的一笔。

神奇九寨

曾经两次朝拜九寨沟，却一直不敢动笔，生怕笨拙的笔触搅碎了千万年沉睡的美梦，神秘、静谧的气质，奇幻、惊艳的姿态，那是人间不可多得的大美。

九寨沟，妖艳妩媚，超凡脱俗，流泉飞瀑是其微笑，漫山红叶是其意境，五彩之水是其艳妆，云遮雾绕是其含羞，细雨霏霏是其抒情，自由自在奔跳于千山万壑，无拘无束嬉戏于缤纷彩池。

九寨沟，四季若画，如梦似幻，春时嫩芽点绿，溪流轻快；夏来绿阴围湖，莺飞燕舞；秋至红叶铺山，彩林满目；冬来雪裹山峦，冰瀑如玉。

九寨沟，人间仙境，童话世界，融山、水、湖、池、溪、河、瀑、滩为一体，每个海子都似晶莹剔透的翡翠，顺沟叠延，波光潋滟，草芦摇曳。看近处碧水，鱼游云端，鸟翔浅底；望远方蔚蓝，静若处子，美轮美奂，水中倒映着树林、雪峰、蓝天、藏寨。

九寨沟，层层瀑布，飞泻而下，气势磅礴，擂动着涛声，飘洒着水雾，搭设着彩虹；如风舞阶梯，跌宕起伏；似银龙竞跃，滚雪惊雷；若珍珠四溅，众抚古琴。

脚踩深厚柔软的落叶，身拂野林劲吹的山风，鼻嗅温润芬芳的空气，耳听松涛鸟语的共鸣，美得我心旌摇荡，美得我如痴如醉，美得我流连忘返。

浮华庄园

　　大邑安仁刘氏庄园，在绿树翠竹掩映下，华楼大屋，高墙耸立，楼台亭阁，曲径回廊，府邸于巍峨之外，精致而富丽，如同一幅年久而名贵的油画，一个华年已逝却不曾卸下脂粉的贵妇，肃穆而浮华。

　　庄园由多个独立的小院组成，中西合璧，重墙夹巷，厚门铁锁，密室复道。老公馆魁梧的门楼，像一尊狮头，头顶玉佩，张着血盆大口，与新公馆哥特式大门，巴洛克水刷石柱相映成趣。围墙两丈余高，像一条巨蟒缠绕过来，显出一派壁垒森严。

　　进入大门左侧是雇工院，简陋而粗糙；右侧是大厅和内院，大气奢华，富丽堂皇。室内挂满了金碧辉煌的匾额和对联，安放着各式各样描金嵌玉的家具和用品；卧室内金龙抱柱的大花床，配上雕龙刻凤的大花门，六根圆柱金龙缠绕，远看好似一座金色宫殿。

内院是祖居的主要部分，砖墙，木屋，青瓦，正厢房合围，形成一个小天井，往前走有佛堂、书房、风水墩、鸦片库、内后花园；天井西侧的大厅，停放着油漆斑驳的"伏特"小卧车、人力车和轿子，让人心中升起"不知今夕是何年"的奇异感慨。

后花园紧连着收租院，随着那些交租的佃户行走，会步入一种沉重，那是在生命线上挣扎的人群，年老的，年轻的，拖儿带母，个个衣衫褴褛，骨瘦如柴，形同枯槁，仿佛一道体验验谷、风谷、过斗、算账的关口，感受验租爪牙的刁钻、大斗进小斗出的黑暗、只舍不入的铁算盘，以及交不够"铁板租"家破人亡的血腥。

庭院深处是小姐楼，恰好与收租院相对，体现的是封建礼教对女子的限制和教化，屋内为小姐的专用品，雕花床，绣花枕，棉纱罩，檀木箱，穿衣镜，梳妆台，脂粉盒。透过顶层的落地窗，既可俯视庭院的鲜花绿树，自由出入的人，也可遥望远山近水，放飞被囚禁的芳心。

二十世纪前半叶，刘氏家族在西南地区叱咤风云，是集军阀、地主、官僚为一体的天府豪门，刘文彩的兄弟刘湘、刘文辉控制川康两省，每发迹一次，就吞噬一块地，扩建一座院，围砌一道墙。人一生终其百年，只不过是物件表面上的一层锈色罢了，纵使富甲天下，也逃不脱"终朝只恨聚无多，及到多时眼闭了"的宿命。

水墨江南

江南佳丽地，金陵帝王州

苏州雨巷

清秀扬州

江南古镇

最忆是江南

上海滩

江南佳丽地，金陵帝王州

悲情南京　南京，是一个承载过多历史和伤感往事的城市，六朝古都也好，十朝旧都也罢，总是与短命王朝的历史大戏连在一起，永远弥漫着挥之不去的沧桑和落寞、伤感和哀愁。

人们关注的似乎不是现在的南京，而是过去的金陵，大明王朝的旧事，秦淮河畔的名妓，夫子庙赶考的秀才，民国的韵事风情……金陵的"水性"，孕育了江南佳丽，却难以承载帝王之气。

一条秦淮河，映照出多少才艺双绝、性情桀骜的名妓；秦淮八艳，多少脂粉和血泪尽付了落花流水；血溅桃花、气夺男儿的李香君，骨子里积淀着这座城自有的矜持、玉石俱焚的刚烈。

权重天下的帝王进了金陵，也沉醉于卿卿我我的欢爱，枉顾了江山社稷，让女人背负千古骂名。富庶繁华地，温柔富贵乡，不能发育金戈铁马、气吞山河的豪气，只能散发雕梁画栋、庭院深深的婉约之音；倾城倾国的千娇百媚，长袖漫卷的浅吟低唱，成就了一座风月之城。

江南贡院，科举考场，才子士人从这里开始求取功名、沉浮宦海，唐伯虎，吴承恩，郑板桥，袁枚，吴敬梓……不一而举，无论得意还是失意，苟安还是买醉，都心安理得地承袭了古风遗韵。

南京是个风度的城市，每当胡马南下、中原沉陷时，是南京挺起坚实的脊梁，为江南提供庇护、濡养；每当明君出世、海晏河清时，是南京把中心位置禅让出来、退隐一方；南京是个有担当的城市，有了南京，东晋、南宋才有安稳的后方；有了南京，孙权、朱元璋的帝业和孙中山的民国才有稳固的根基。

南京还是个背负十字架的城市，大屠杀的苦难，是难以愈合的伤疤、不能绕过的耻辱，日寇杀戮屠城的残酷暴行，承受者的沉默、逃避，施暴者的否认、篡改，没有得到真正的追问和深思。国家公祭日、张纯如的《南京大屠杀》、严歌苓的《金陵十三钗》、哈金的《南京安魂曲》等，闪现着抵抗遗忘、以史为鉴的精神价值。

玄武湖，雨花台，明城墙，中山陵，总统府……南京有的是怀古胜迹，让人追忆、遐想、叹息；南京又总让人捉摸不透，盛衰轮回，王朝更替，兴也勃焉，亡也忽焉，少不了末路悲歌的宿命，带着哀怨、悒郁、闲愁。

面对遍布城市各个角落的老祖宗遗迹，南京人已经司空见惯、处之泰然，唯独很享受民国情结、国都身份。

古都的荣耀，秦淮的传奇，早已被油盐柴米浸泡得黯然失色；外族侵略造成的创伤也搬进了纪念馆，就这样平常地生活在当下，无论经历多少沧桑，都执拗地活着，不仅包容了藏污纳垢的历史，也包容了投奔而来的异乡人。

十里秦淮　年少时，读过"烟笼寒水月笼沙，夜泊秦淮近酒家"的诗句，读过朱自清、俞平伯的《桨声灯影里的秦淮河》，读过孔尚任的《桃花扇》，便知道了秦淮河，知道了李香君、秦淮八艳。

成年后，两次踏进十里秦淮，悠扬的乐声，从媚香楼上姗姗而来，从烟柳画舫翩翩而来，生动了江南的春色，曼妙了金陵的山水。她的华灯映水、楼阁小榭、画舫凌波、笙歌彻夜，深深印入我的脑海；乌衣巷的紫燕尚在梁上呢语，雕栏玉柱的画舫还在河畔憩息，只是再不见旧日的繁华烟云，也听不到商女婉转的声音。

六朝金粉飘落之地，一边是贡院，一边是楼榭；一边是书生，一边是歌妓；一边是读书仕进，一边是纵情声色，奇妙地构成了十里秦淮的独特景致。绵延的十里秦淮，给南京古城揉进了一丝书卷气，也抹上了一层脂粉气，颜色圆润而饱满，意蕴丰富而雅致，有一种剪不断理还乱的悲愁。

那碧清潋滟的水，是秣陵女子姣好的容颜，明眸秋波，皓齿微启，巧笑嫣然；那影影绰绰的水，是粉黛佳丽婀娜的舞姿，凌波微步，罗袜生尘，翩若惊鸿；那磷金玉碎的水，是"秦淮八艳"华美的霓裳，净如银练，薄若蝉翼，飘柔逸绝。

京华烟云不过是一场梦，与之擦肩、与之相守，都是红尘的缘定；与谁分离、与谁诀别，都是红尘的命数。风华绝代的女子，哪个没有辛酸的经历、缠绵的情愫、悲惨的结局；泣血绢帕上写下的诗行，都化作一缕缥缈的尘烟，在如风的岁月中渐渐淡忘。

被时光的风雨剥蚀的记忆，被逝去的光阴冲刷的风霜，纸醉金迷的生活，陈旧时代的印迹，在历史的长卷中成为一道岁月的残痕、一笔泛黄的篇章，只是当乌篷船吱呀的桨橹声响起时，会在脑海里浮现如梦的幻影。

总统府，六百年风雨沧桑，明代是归德侯府和汉王府，清代是江宁织造署和两江总督署，康熙乾隆时是南巡行宫，太平天国时是天王府，民国时是国民政府所在地，这里曾经的主人，都是中国历史上叱咤风云的人物。

洪秀全攻克南京，建都改称天京，天王府内，从天朝门进圣天门到金龙城，殿堂楼阁，重檐瓦榭，富丽堂皇，一副养尊处优、奢侈靡华的模样。国民党统治时，在天王府、总督府后面修建了总统府，历代王朝就是这样承袭着、变换着，天子须入主皇宫。

总统府门楼，是西方古典门廊式结构，中区是总统、国民政府及所属机构办公楼，东区是行政院旧址、马厩和东花园，西区是临时大总统办公室，秘书处、参谋本部和西花园；西花园是典型的江南园林，至今仍保留着石舫、夕佳楼、忘飞阁、漪澜阁、印心石屋等景观。

印象深刻的是总统府办公楼的整体风格，白色的墙壁，深色的木地板，摆设简洁、朴素、稳重，在一些细节上却十分讲究，让人觉得有些贵族气。蒋介石的办公室并不豪华，规格比其他办公室略高，但绝不突兀。最有意思的是那间候会室，开会前休息和吹风用的，墙上挂着"推心置腹"的牌子，这倒比那些冠冕堂皇的匾额多了些亲近感。

凭吊中山陵　中山陵，雄伟壮观，气势非凡，埋葬着中国近现代史上一位至尊至善的人物——孙中山。到了南京，总要怀着敬仰之情，凭吊这位称为"国父"的民族巨人。

整个陵区建筑均采用白蓝两种颜色，白色代表纯洁素雅，蓝色是传统孝色。陵墓坐北朝南，主要有碑亭、祭堂、墓道、墓室等，从陵前广场到墓室，是一道向上的斜坡，全是石条砌就的台阶。

首先映入眼帘的是一座巨大的石坊，上刻"博爱"二字；往上是灵门，以蓝色琉璃瓦为顶，上书孙先生手迹"天下为公"；进灵门后是碑亭，立着一块生平文字丰碑。

沿着墓道缓缓而上，两侧是笔直的青松和翠柏，低矮处是整齐划一的八角金盘；整个台阶分为八组，设计巧妙，自下而上看，只见阶梯不见平台；从上向下看，只见平台不见阶梯。

登顶后的祭堂，有三座拱门，是中西合璧建筑，门额上书写"民族、民生、民权"六个阳篆大字；祭堂内为穹隆状，塑着孙先生的汉白玉坐像，周围是刻满他事迹的浮雕；大理石护壁上，刻着国民政府"建国大纲"金字全文。堂后墓室有两重门，分别书有"浩气长存"的横额和"孙中山先生之墓"的刻文。

从登堂前台阶往下看，陵区前临平川，后拥青嶂，郁郁葱葱，庄严肃穆；整个陵区像一座巨大的鸣钟，似乎蕴含着"鸣钟警示"的意义，是不可多得的陵墓建筑艺术精品。

西湖苏堤

人们常说"上有天堂，下有苏杭"，杭州因有景色秀美的西湖而惹人喜爱。西湖的秀美，在于浓妆淡抹总相宜，烟波缭绕，水墨山黛，掩映如画；大美景色必然虚实相生、朦胧之至，代表了东方审美情趣，难怪中国美术学会坐落西子湖畔。

西湖分为外湖、里湖、岳湖、西里湖、小南湖五个水域，孤山峙立湖中，小瀛洲、湖心亭、阮公墩三个小岛鼎立湖心，南高峰、北高峰、玉皇山环湖，正所谓"三面云山一面城"。

西湖景色的名字起得富有诗意，像平湖秋月、柳浪闻莺、南屏晚钟、曲院风荷、断桥残月等，这些都是文人起的，得有点文化和雅兴才行。人们常说"观景不如听景"，并不是说西湖的景色不美，而是看着很美，但要描写起来就不如古人了。

西湖不仅水美、山美、意境美，还蕴涵着一些故事。西湖美景之首的苏堤，是贯穿南北的湖中堤坝，衬托着一位令人尊重的历史人物——苏轼，他与其父亲苏洵、弟弟苏辙一起，世称北宋文学"三苏"；嘉祐年间中进士，哲宗时任翰林学士，出知杭、颖、扬、定四州，发动民众疏浚湖床，取湖泥葑草筑成堤坝，堤上有映波、锁澜、望山、压堤、东浦、跨虹六桥。

苏轼为官期间，做了许多实事，没有得到朝廷的赏识，却受到百姓的称赞和爱戴，过年时百姓扛着宰杀的生猪去感谢这位州官，苏老先生收受后将猪肉焖得烂烂的，拿去慰问民工，这便是著名的"东坡肉""东坡肘"，不想留名的流芳千古，想留名的却烟飞云散，这就是历史的辩证法。

苏轼的诗词、散文、书法都堪称大家，以至许多人只知他的文采，却不知他的官德。他的诗豪放清新，长于比喻，与黄庭坚并称"苏黄"；他的词突破严格的韵律，开豪放词派的先锋，与辛弃疾并称"苏辛"；他的散文汪洋恣肆，结构严谨，与欧阳修并称"苏欧"，是"唐宋八大家"之一；他的书法擅长行楷，与黄庭坚、米芾、蔡襄合称"宋四家"。

苏州雨巷

喜欢苏州的细雨纷飞，雨中的白墙青瓦，像披上一层细纱，让人醉眼摩挲；随风轻摆的柳枝，像恋人的发梢，在心上荡来拂去；整个苏州城，好似浅笑的西子，美得动心，美得撩人。

在这样的细雨中，撑一把折叠伞，独自漫步在悠长的小巷，一寸一寸感受雨的清澈和细微；雨滴滑落伞尖、沁入衣衫，让人感受初春的绿意盎然；湿润的路面、墙壁，把小巷衬得玲珑剔透、意味深长。

雨渐渐停了，光线透着些许暗淡，雨水洗涤过的小巷，宛若古典的绣娘，用纤细的针线缝制时光；石缝里的小草，树枝上的绿叶，河面上的乌篷船和石拱桥，争着抢着入了画。

　　临河人家，老红的楼阁，像一幅画，一位女子推着窗户，吱呀地开了，长长的头发披垂下来，清亮的水面映照着女子；河水是缓慢的、荡漾的，岸边的垂柳倒影在水中，随着涟漪晃动。

　　远处传来细碎的水乡软语，一群少男少女甜蜜地说着话，轻柔地拂过皮肤、拂过心里，痒痒的，酥酥的，十分熨帖。这样的氛围，寻一幽静处，赏昆曲评弹，品碧螺春茶，眼前呈现的是古风雅韵。

　　夜晚悄悄来临，月色中的山塘街、金鸡湖、寒山寺、虎丘塔，古老江南的符号随处可见，正像苏州人内敛、散淡、平和的性格，一切都那么质朴、温馨和从容。

清秀扬州

　　扬州这座小城，给人很舒服的感觉，先前对它的印象，大都来自诗词，李白的一句"烟花三月下扬州"，写出了扬州的不尽风流；张若虚的一首《春江花月夜》，道出了扬州的婉约撩人。

　　这些流淌在诗歌长河中的千古绝唱，雨露般地滋润着扬州的灵魂，让这片多姿多彩的沃土，散发着温婉的灵性和生命的张力，让我带着"扬州一梦醒何处"的遥望畅想。

　　扬州是清秀的，似一个秀气端庄的江南女子，因为才貌双全让人迷情；像一个斯文帅气的江南小伙，因为才俊俱佳让人痴情。

　　扬州古城，两千多年历史，没有斑斓色彩的衬托，俨然化身成一座水墨古城，只有黑与白透出的清秀，只有古与今现出的庄重。汉广陵王墓、隋炀帝墓、唐鉴真纪念馆等，见证了岁月烟云的扬州，这里的一砖一瓦都是值得尊重的。

扬州古街，像个花鸟市场，渗透着这座城的悠久文化和市井生活，它的价值隐藏在宅院里，也体现在街面上，店前的匾额古色古香；顺着古街拐进巷子，是悠闲的天地，提着鸟笼的老人自得地哼着小曲，朝着街坊邻居笑着点头打招呼，带着与生俱来的安逸，过着知足常乐的日子。

扬州的风景，纯净，娇美，空灵。个园、何园因精致而扬名，个园的竹林，可见一处幽邃，坐修竹，临清池，忘今语古，何其乐也。瘦西湖看不到山，满眼是水，杨柳垂发于湖岸，带着淡淡的惆怅，微风一拂尽是春的气息；五亭桥宛若莲花绽在水中，白塔在夕阳下熠熠生辉，船娘划桨的波痕泛起片片涟漪。

"自古江南多才俊，唯有扬州出怪杰"。"扬州八怪"闻名遐迩，扬州才子朱自清，以《背影》《荷塘月色》名蜚中外。扬州的小巷，总会带着一份期待，总会发现一些惊喜，像戴望舒的那首诗："撑着油纸伞，独自彷徨在悠长悠长又寂寥的雨巷，我希望逢着，一个丁香一样的结着愁怨的姑娘。"

扬州的雨，缠缠绵绵，如若珠帘，让人变得忧郁、彷徨，又让人变得精致、悠闲；扬州是水做的，我生长在四川，工作在云南，看惯了雄山大川、混沌苍茫，难免觉得江南水乡太过温柔，然而水虽温柔，却又最有韧性。

从瓜洲湾到东关桥头，沿岸的古运河是最古老的一段，可以看到历史遗迹的罗列，几乎涵盖了古扬州的发展史，运河哺育了扬州，也成了扬州的"根"，"楼船夜雪瓜洲渡，铁马秋风大散关"。昔日的扬州已经无从寻觅，岁月只留下断壁残砖和斑驳旧影，江畔来往的船只穿梭着，划破夕阳留下一道道光影。

夜晚的扬州，是浪漫的、温馨的，没有大都市的繁华喧嚣，却总让人恋恋不舍，在街上随处走走，可以看见卖唱的艺人，大多不是赚钱养家糊口，而是衬托这座城的风情，期待更多的人放缓匆匆的脚步，聆听内心的声音，寻找需要的生活，就像一曲音乐、一段回忆，温润喜欢就好。

江南古镇

梦里周庄　在陈逸飞油画名作《故乡的回忆》的诱惑下，我夹杂在喧闹的游人队伍中，走进了江南古镇周庄。

周庄给我的印象是"梦"，呈现在眼前的水巷、楼阁、小桥流水，一切的景色，一切的画面，都是隐约、朦胧的，似凝定，又似延伸，穿越着无尽的、历史的梦幻。

周庄是水育的，水赋予了周庄灵秀，也赋予了周庄诗意。纵横的河汊，咿呀的舟橹，傍水的人家，

朴实中透着似曾相识的亲切，亲切中带着一层久违的新鲜，湿漉漉的周庄透着一种艺术质感，给人一种可供依偎、可以倾诉的灵感和冲动。

沈厅、张厅的堂楼，显现着江南商人藏慧守拙的谨慎，也铺展着大富人家礼仪规范的空间；永安桥和世德桥相交的

"双桥"，别样地象征着水的周庄；游人成群结队来往，塞满了狭窄的里弄和水道，无论怎么喧闹和躁动，都掩盖不了周庄的底蕴和文化。

在画家和摄影家的视角里，这座江南小镇竟那样完美，他们或支起画板，拎一桶河水将颜料化开，把周庄用线条和色彩凝固在画纸上；或端起相机，透过取景窗捕捉着小镇的曼妙和神韵，让周庄的古宅、古桥、古巷定格成永恒。

烟雨西塘　西塘的美，最美在烟雨长廊，好似江南水乡中的蓑衣，为水路上忙碌的人们遮风挡雨。

廊棚，本是临水人家从屋檐向河道延伸的遮雨小棚，无非是庇几尺门前之地，将其连成一片，便成了景观；宽敞的河面像镜子一样，把光线送进廊棚，随着水波一闪一闪的，无论是雨还是晴、是风还是月，都是别致和风雅的。

清晨的阳光洒在石板路上，自行车的铃声在浣衣阿婆滴答的拧水声里格外清脆；廊棚里，三五老者悠闲地坐在竹椅上喝茶聊天，旁若无人；店铺内，小商小贩怡然自得地打着呵欠，也不在乎生意如何；石阶入水处，有些洗漱的少妇，串起一丝暧昧和风韵。

"小楼一夜听春雨，明朝深巷卖杏花"，在众多小镇里追寻已久的东西，不经意间闪现在眼前。从瓦顶中冒出的那间阁楼，踏上楼梯嘎吱作响，推开窗户却让人惊喜，影影绰绰一大片粉墙青瓦映入眼帘，沿河古色古香的建筑、高挑的大红灯笼倒映在水面，阵阵清风拂过，如同轻抚过的琴弦，微微泛起涟漪。

在桨声灯影下，看水面碎纹映着的对岸老屋，让人有恍若隔世的感觉，蓦然想起那句"良辰美景奈何天，赏心悦事谁家院"的诗句。

灵秀朱家角　朱家角给我印象最深的，一个是放生桥，一个是课植园。

放生桥建于明代中叶，是上海地区最古老的大石拱桥，朱家角的标志性建筑。远处看，宽阔的河面上，似横跨了一道彩虹，站在桥上可一览古镇全貌。桥头各有两个镇守的大石狮，桥边有个"放生亭"，卖放生鱼的当地人很多，挤满桥边的塑料盆或桶里，是不知自己身价的小鱼小虾，有善男信女在默祷一番后，将那些柔弱的小生命轻轻放在河中，然后快乐地走了。

课植园像一则小令，在雨中吟咏出幽静的绿意来。那是一处私家花园，"课植"是主人取"课读之余不忘耕植"之意。从一处房屋到另一处房屋，其间隔了门槛；众多的房间，像主人房、小姐房、绣花房、抚琴房……装饰着精细的雕镂图案；花园里汪着一泓池水，水中有几簇睡莲，红的白的花骨朵，似少女的心事；名家的小楷、草书、手迹静静地陈列着，等候知音的来访。课植园曾经做过校园，不知装饰过多少年轻的梦。

北大街曾经是布业、米行、钱庄等汇聚的商业街，抬头望去，是江南里弄常见的"一线天"，面对面的住户可以捧上壶茶，随心所欲地对话；店铺虽保持着昔日的姿势，但已被美味的小吃占据着，散发出诱人的香味，各种手工艺品更是让人目不暇接。

最忆是江南

怀想旗袍 喜欢怀想那样的画面：在烟雨迷蒙的江南小镇，一位撑着油伞的窈窕女子，着一袭素色的旗袍，略带忧郁的神色，若有心事，在雨巷中散步……

看见一件精致的旗袍，就会想到旗袍的历史变迁，想到民国时期的江南和上海。有些美，时间越久，越馥郁醇香，就像一坛陈年老酒，醉人心扉。

在我的怀想中，旗袍是最能彰显东方女性魅力的服饰。俊俏挺拔的竖领，半掩着秀长的颈项，透视的是斯文端庄、内修外敛；恰到好处的收腰，凸现的是婀娜多姿、温文尔雅；飘逸潇洒的开衩，虚掩着矜持的步态，几分风韵，几分销魂。

民国文字中最多情的，不只是江南小镇，更是小镇上那身着旗袍的女子。一袭旗袍，点缀了柔情的江南，迷离了幽深的雨巷，闯进了斑斓的梦境，爱恋便是一世的回眸和等待。

旗袍的美，是风雨岁月泛出的一道彩虹，是百年历史凝聚的一种氤氲；那一回眸，浅笑芬芳，秀色掩古今，荷花羞玉颜，在婆娑的身姿下轻舞飞扬。

张爱玲说："旗袍是暧昧的。"暧昧的味道，诱惑着所有的女人，没有谁会抵制旗袍的美丽。妖媚的女人穿上旗袍，会显几分引诱；端庄的女人穿上旗袍，又添几分娇柔。

如此说来，旗袍何止是包裹肌体的锦衣玉服，她俨然是女人的知己，抑或是情人。无论是女人还是男人，都应该懂旗袍，懂她厚重的积淀、尊贵的特质、精湛的艺术，乃至浓淡深浅的油墨书香。

青花瓷　初见"青花瓷"，觉得有些像爱情，那青花仿佛是魂，深深地融入了瓷里，那空灵、羞涩的着色，带着几分书卷气。

一笔青花落在瓷上，那么妥帖，那么诗意，像尘世中相遇的一份温暖；有尘世的烟火，却嗅不到一点世俗味。

青花是素的，安然地落在瓷上；瓷是光洁、微寒的，却又是温婉、包容的，那么满足地托着青花，情投意合，相守相依。

没有青花的瓷，形单影只，太单调，太突兀，即使外表光鲜，内心还是孤寂的，生活也是潦草的。

青花落在瓷上，虽然素，但显得雅；瓷上落了青花，更显得质感、清丽、文气，农家女变成了大家闺秀。

青花瓷清雅，但不清寒，心性沉静，有点孤傲，就像梅，凌风傲雪，或许纯粹、唯美的，都是寂寞的。

瓷是个温厚、坚韧的男子，经得起火的砺炼；而青花也是个经历着燃烧、洗礼的女子，揣着素心，一路熬过来。

瓷纯净、空灵，只有青花的吻痕，才有绝世的艳丽；如果可以，你做青花，我来做瓷，你融进我的身体，我刻进你的灵魂。

彼此欣赏着、成就着，在相遇的刹那间，演绎成一场刻骨铭心、恒久不变的爱恋。

简静素雅，人间大美；最美的，朴素到极致，一颗素心，没有了尘埃，一袭素衣，没有了惊艳，即便没有言语，也能心领神会。

诗意江南　人的心灵，不能总处在高亢状态，适当的时候，需要湿润和温情；江南，以她特有的含蓄和隽永，珍藏在我的心中。

江南，是一片漂在水上的土地，波光滟滟的秦淮水，清新灵巧的春江水，温柔多情的西湖水，轻柔静谧的周庄水，烟雨缥缈的西塘水，还有雨巷中大珠小珠落玉盘的水。

　　江南，是一条轻盈细滑的丝绸，"蚕"是"天"和"虫"的神秘结合，天虫吐出的丝，幻化成绸缎绣，凝聚了江南的细腻、精巧、温柔、飘逸，赋予了江南特殊的生命气质和韵味。

　　江南，是一首委婉凄美的乐曲，梁祝，二泉映月，茉莉花，苏州评弹，昆曲，那乐曲像手执线装书的女子，安静恬淡，清雅圆润；像撑着油纸伞的丁香姑娘，忧伤中带着几分水灵，飘然于半梦半醒的仙境。

　　江南，是一曲婉约绮丽的诗词，春来江水绿如蓝，烟花三月下扬州，夜半名声到客船，许多诗都是用水写的；西江月，浣溪沙，念奴娇，水调歌头，许多词牌都是水灵灵的。

　　江南，是一幅浓淡相宜的水墨画，有青砖碧瓦的厚重，有粉黛纤指的缠绵，有斗笠蓑衣的记忆，有小桥流水的情趣；像苏州、扬州这样的小城，给人一种精致、慵懒、惬意的味道，很像一个休憩的驿站和后花园。

　　江南，是园林、雨巷的江南，是琴、箫、琵琶的江南，是金庸、三毛笔下的江南；江南，雾霭烟波杨柳岸，念不尽梦里水乡；红袖添香夜读书，梦不完吴侬软语。江南，是一幅印象派画作，是一种文化符号，是一种人生意境。

　　江南，最惬意的事，春披一蓑烟雨，夏看十里荷花，秋赏三秋桂子，冬钓一江寒雪；江南，最浪漫的事，诗写风花雪月，词填春夏秋冬，曲唱悲欢离合，赋染墨香古韵；江南，最熨帖的事，蘸一笔闲情，酝一窗心事，邀一帮老友，散漫地栖息于小城小镇。

上海滩

上海记忆　上海，诞生于现代资本聚敛之上的弹丸之地，1843 年开埠以前，只是一个荒凉的小镇，以通行苏州话为荣。随着鸦片战争的惨败，清政府在《南京条约》上签字，开始了走向现代的进程；经过近一个世纪的拒斥与认同、磨合与发展，到二十世纪三十年代，已成为东方最繁华的国际大都市。

上海成为"东方巴黎"，除了国际国内的大势使然，长江流域繁华富庶的积淀之外，还有它自身的海派文化；了解这座城市的历史和现在，以及城中人的境遇和体验，就知道了中国城市化历史和现代化进程，正如美国学者罗兹·墨菲将上海喻为"现代中国的钥匙"一样。

透过那些街道和码头、桥梁和建筑、老照片和旧电影，打捞那些消失在时光烟云中的生活场景,这座城市或摩登、或浪漫、或革命、或世俗,风貌各异,混成气质;洋场、租界的纸醉金迷,工人暴动、红色恋情的热血激情,里弄阁楼、飞短流长的市井生活,一起构成了五光十色、匪夷所思的文化内涵。

黄浦江这头,海关大楼的钟声"东方红",悠然奏响上海每天生活的序曲;江对岸那头,东方明珠塔将上海昨天的故事开始续写。黄浦江上驶着的轮船,是连接世界的;苏州河上漂着的白帆,是连接家乡的。百乐门,带着浪漫的记忆,因上海而沉浮,因上海而重生。南京路,来往的观光车、涌动的人群、琳琅的店铺、摇曳的灯箱,尽显小资和摩登。

新天地看到的,是时尚、新潮的上海,精美门饰,清水砖墙,朱红百叶窗,因为它的大气和华丽,有人把它比作上海的"客厅"。上海不仅有豪华气派的客厅,也有静谧舒缓的"后院",在繁华地带拐个弯,就会看到弄堂、石库门,那是这座城市的脉络和记忆。田子坊是浓缩的上海,那里有老上海的民居,有新兴的创意小店和画廊,也有淡淡飘扬在巷中的茶酒香,外国人觉得它很上海,中国人觉得它很西方,老年人觉得它很怀旧,年轻人觉得它很时尚,散发着旧上海时光的气息,呈现着新上海蓬勃的张力。

漫步在上海，就像漫步在迷宫，令人眼花缭乱、目不暇接，强烈的超前意识与浓厚的怀旧情结，崭新的宽阔街道与蜿蜒的林荫小路，现代的摩天大楼与古朴的里弄洋房交织在一起，吸引着中国乃至世界的目光。

每个上海人都以自己的方式爱着上海，他们不一定常去新天地、田子坊，但每天都在上海的大街小巷穿梭，发现这座城市里那些平凡的美丽，用自己的努力改变着自己的生活，也改变着他们的上海。

外滩，是上海的窗口和象征，是一个时代、一段沧桑、一种文化的缩影，从记忆深处打捞出来，总能引发对那个年代的追忆，对那种文化的沉醉，对那些岁月的珍藏。

循着海关大楼的钟声步入外滩，一排排富有西洋气息的哥特式、罗马式、中西合璧建筑映入眼帘，让你感受黄浦江畔风情万种的风景，让你感受这座城市的时尚、经典和浪漫。

著名的汇丰银行大楼、海关大楼、和平饭店，再现了昔日"远东华尔街"的风采，无论是极目远眺还是徜徉其间，都能感受到一种雄浑、雍容、华贵的气质。

海关大楼，巍然屹立在黄浦江之滨，钟楼上传出的雄浑、悠扬的钟声，见证了大上海风云变幻的历史，象征着这座城市的庄严、神圣和使命。

江岸长堤、无障碍通道、雕塑、喷泉、绿化带游人如织，照相的、绘画的尽情览胜，谈情的、说爱的情爱相依，推童车的、坐轮椅的幸福如蜜。

凭栏近望黄浦江，波涛涟涟，游轮驳船往来穿梭，汽笛声、人沸声与两岸高楼、桥梁交织在一起，构成一幅色彩斑斓、如梦似幻的画卷。

夜渐渐深了，情也渐渐浓了，外滩的景色变得细腻、美妙、动人；江风轻轻拂面，眺望两岸古典、现代的美景，尽情欣赏着、体验着外滩的魅力。

弄堂，匍匐于楼峰之间的小巷，始终与阳光、阴霾相伴，与曲折、坑洼相拥，宽阔里的狭窄，繁华里的冷落。

旧时能住上石库门的弄堂，也算是小康人家；弄堂口顶端大都书写着里名，还附有建筑年份，楷书、行书、隶书都有，估计不乏大家笔迹。

弄堂楼上楼下、隔壁邻居相互关照，虽说籍贯、职业、文化等有差异，大家却相处甚安；一到夜晚，弄堂里还会传来收音机的声音，有评弹、昆曲、越剧，还有绍兴戏。

大红的囍字曾经贴在灶披间的墙上，老式家具搬了又搬生怕擦破点皮；鱼鳞瓦里冒着一缕缕炊烟，小巷里挤过嘈杂和龃龉，也响过爆竹和啼哭。

弄堂很老，斑驳的墙面布满了爬山虎，墙根处还有湿漉的青苔；弄堂很绕，若不是里弄的居民，一时半会儿还走不出来；弄堂很乱，晾衣竿上挂满了衣被，家门口前摆满了杂物，大清早还有刷马桶的声音。

弄堂里的喜怒哀乐、逸闻俚事，印刻着老上海的形，流淌着老上海的魂；如今弄堂越来越少，离记忆越来越远，偶有存在也变成了艺术坊，有酒吧、咖啡馆、小吃店、摄影绘画工作室，徜徉其中，感受到的是小资和前卫，很难体验到原汁原味的弄堂生活了。

石库门　在旧上海，巨商大贾、名宦高官住的是环境优雅的花园洋楼；贫民穷人住的是肮脏、简陋、拥挤的棚户区，而那些没有大富却无饥寒之虞的中产阶级，大多居住在石库门的弄堂里。

石库门是上海特有的建筑形式，正如《上海轶事大观》描述的那样，因"花岗石或宁波红石的门框，两扇乌漆大门"而得名。始建于1870年左右的英租界里，分布在仁兴里、绵阳里、敦仁里和洪德里等处。

石库门的布局，吸收了欧洲联式住宅的毗邻形式，而它的单体平面，却源于中国传统的四合院、三合院，将其门棣改为石库门。这种建筑形式，满足了中产阶层一种洋化心理，既封闭又开放，既区别于"富户"和"棚户"，又不失"小康"的矜持。

　　早期的石库门，有高高的围墙，进门就是小门厅，中部为小院，也称天井，楼下正中间是客堂，东西两厢房，上层称客堂楼，也有两厢房。客堂后为扶梯、灶间，灶间上层叫亭子间，一些清贫文人常租住亭子间。后期的石库门，高墙改为矮墙、小铁门，天井改为小花园，简化了前院门厅。

　　如今，上海的石库门在一座一座消逝，但一些有特色、上年岁的房子仍保存着，成为一页历史，展示着旧上海的另一个生活层面，勾起人们对往昔温馨的回忆。

大江南北

望北京

先秦故地

山西风光

湖湘之风

多彩贵州

一方水土一方人

望北京

　　话说北京　北京是个气势恢宏、底蕴深厚的历史文化古都，三千多年的建城史，八百多年的建都史，京都文化，皇城根文化，使这座城市垄断性地占有许多资源，有一种与生俱来的霸气；外地人到北京，都跟我当初似的，有一种找不着北的感觉，仰望北京，就像小草仰望大树，像朝圣者一般。

　　北京的"大"，几乎使每个到北京的人，都会觉得自己的"小"。天安门广场是城市的主题，城楼、宫殿、湖泊、胡同是情节的波澜，以坦荡和直接的方式，让人领略"大"的含义。北京的民宅俚巷，都有庄严肃穆之感，正襟危坐，慎言笃行，是那种正宗传人的样子，走在高墙之下的巷道，会有一种强烈的压力感。

天子脚下的北京人，有一种傲气、狂气和匪气，见多识广，满不在乎，悠然自得中带着优越感，会以"正宗"的眼光看"夷狄"的外地，讲究的是"派儿"和"范儿"，不仅会表达自己，还会夸大、渲染，谈论的都是国家大事，传达的是一种言过其实的感受。

北京是个藏龙卧虎的地方，那些衣着朴素、神态安详、满不起眼的遛鸟老头，没准就是皇族的后裔；那些坐在小摊上喝豆浆、吃油条，喝完吃完一抹嘴，骑上自行车上班的中年人，没准就是中央哪个部的什么长；那些人在北京很普通，就像说的都是"普通话"一样，再大的人物在北京也"大"不起来。

老派北京人，雍容大度，闲适安详，讲究礼数，有一种儒雅的底蕴，心里藏着许多故事，语言背后有许多典故，有一种从容追忆的神色，慢慢走在深街窄巷里；如果向老北京人问路，得到的必定是详尽、和气的回答，那神情、那口气，就像对待一个迷路的孩子。

天安门，是北京乃至中国最具标志性的建筑，每个到北京的人，几乎都要去那里观赏景色、瞻仰风姿。

天安门，始建于明代永乐十五年，是明清两代皇城的正门，原叫承天门，清顺治八年改建后称天安门。五道拱形城门，在汉白玉基座上，是高大的墩台，墩台上是城楼，黄瓦红墙，重檐飞翘，雕刻精美；城墙下是金水河，河上有五座石桥，桥前矗立两对雄狮。明清五百年间，这里是皇帝登基、皇后册封、颁诏天下的地方，是文武百官下马求见、庶民百姓不得私窥的封建等级场所。

天安门最吸引人的，恐怕是它的政治性，位于北京中心，无论东西还是南北，都处于中轴线上。它的审美属于传统文化中正宗、威严、神秘的那种风格，左右对称，棱角分明，色彩庄重，巍峨大度。作为一座历史建筑，经历了最后两个封建王朝兴衰，走过了推翻帝制、军阀混战、抗击日寇、蒋家王朝覆灭等历程，成为一种掌握、行使权力的符号和象征。新中国成立后，这里是举行重大庆典、国庆阅兵的场所，似乎只有它才能担负起党和国家的形象。

天安门城楼对外开放近三十年了，普通百姓可以登上这座梦寐以求的圣地，尽情观赏它的雄姿，自由扶栏远眺广场的全景。百姓对权力的看法历来都是矛盾的：既受制于权力、受害于权力，又极度地羡慕权力、崇尚权力；权力既是诱人的，也是高不可攀的。对天安门城楼的敬仰和朝圣，一定程度上是想在那里体验拥有权力的荣耀，站在城楼上也就提高了十几米，但感觉和心境完全不同，俯视四方，傲视群雄，热血沸腾。

故宫 在北京旧城的中心，坐落着我国最大最完整的古建筑群，也是最后两个封建王朝明清的皇宫，习惯上称为紫禁城，始建于明永乐四年，永乐十八年建成。

故宫的围墙呈朱红色，顶端是黄色的琉璃瓦，角楼重重飞檐、灵秀大度。墙外环绕的护城河，使故宫成为一座壁垒森严的宫殿。墙内分为"外朝"和"内廷"两大区域，"外朝"以太和殿、中和殿、保和殿为中心，文华殿、武英殿为两翼，是皇朝举行大典、召见群臣、行使权力的场所。"内廷"有乾清宫、交泰宫、坤宁宫及东西六宫，是皇帝处理日常事务和后妃、皇子居住游玩的地方。

大殿及城门的正中，严格地齐准在一条中轴线上，不偏不倚，前后呼应，似乎喻示着封建王朝的等级、礼仪及规矩。大殿及周围的房屋，采用木制窗棂，室内光线玄幽暗淡，似乎喻示着皇权的神秘和难解。大殿配以石狮、雕龙、碑匾，巍然肃穆，气势袭人，似乎喻示着皇权的神圣和威严。

这座红墙围裹着的宫殿，曾经是权力争斗、较量的场所，争宠和诬陷是最常见的方式。王公贵族"伴君如伴虎"，相互间勾心斗角、不择手段，弄好了加官晋爵、登堂入室，弄不好身陷囹圄、贴上性命。那些皇亲国戚可不是省油的灯，为了争宠、继位，惹是生非，同室操戈，相互残杀。那些宦官也是集权专制的鹰犬，没有任何道义可言，个个心狠手辣、无所顾忌。从表面看，这座宫殿坚固无比，实则内在空虚，一遇变故便土崩瓦解。

胡同　寻一座城，不寻它的高楼大厦，不寻它的灯红酒绿，寻的是那纵横交错的通道；那一条条穿梭于大街、连接着小巷的，是这城市的脉；那一块块镶嵌起来、磨得光滑的，是这胡同的路。

北京的胡同，围绕紫禁城，遍布几百条，历经元明清的风雨，见证了历史的沧桑；幽深的胡同，是老北京熟悉的记忆，每一扇大门，都关着猜不透的谜。

北京的胡同，是静谧、悠闲的，不时有推着小车的老人，穿着北京布鞋，缓缓从巷子里走过；小推车有些针头线脑、铅笔橡皮，让人想起旧时的货郎；再就是些半大的孩子，在胡同里东跑西窜，打破着胡同的宁静。

胡同里的房子，大都刷上了清漆，墙角处仍有青苔，屋顶上仍有青草；听着小贩的叫卖声，蓝蓝的天空响起阵阵鸽哨；狭小的厨房里，锅碗瓢盆叮当作响；黄昏的斜阳，轻柔地洒落在院墙上；古老的树荫，温馨地遮蔽在四合院的上方。

淡淡的炊烟渐渐散去，玩耍的孩子被喊回家吃饭；邻里之间，昨天还因琐事争吵，天一亮门一开，一切都成了笑谈；年迈的老人用京腔诉说着，只属于这里的光阴；古色古香的院门前，稚气未脱的少年用懵懂的目光，看着尘世中人匆匆过往。

八达岭长城 万里长城像一条巨龙，横卧在北方的崇山峻岭之中，气势磅礴，雄伟壮观，称为人类历史上的一大奇迹；毛泽东"不到长城非好汉"的诗句，更是激励多少人把登长城作为人生的一大夙愿。

八达岭，是长城的一个重要隘口，建于明弘治十八年，嘉靖、万历年间曾修葺，新中国成立后多次维修，是保存最完好的段落之一。居庸关呈梯形，东门额题"居庸外镇"，西门额题"北门锁钥"，券洞上有平台，台周是垛口。这里是关外通往内地的咽喉，历代朝廷都派重兵把守。

登上关城，顺城墙攀上烽火台，皓日当空，凉风习习，心旷神怡。苍翠的群山，辽阔的苍穹，将长城映衬得格外雄壮；而长城宛若一条玉带，将座座山峦串接起来，融为一幅奇妙的画卷。

最早修筑长城，也是件迫不得已的事，对北方的匈奴、突厥、鲜卑等少数民族，镇不住也灭不了，只好筑个城墙，抵抗入侵。作为一个强大的民族，要靠垒高墙来防御，说起来也是够无奈的；后人无限地拔高它，作为一项伟业来称颂，更是不可思议。

在近现代史上，中国被西方列强撕得满国疮痍、生灵涂炭，而长城也像它的主人一样饱经风霜、残破不堪。与其对长城进行修复，还不如向人们展示其残破，反倒给人们以警醒和震撼，也让人们头脑中的长城归于坍塌，成为一种历史的留存、永恒的记忆。

孔孟之乡

齐鲁之邦 山东素称"齐鲁之邦"，始于周代。那个时期，山东一带政治、经济比较发达，周天子选派亲信大臣去治理。受封于齐的姜太公，注重发展工商业，开发鱼盐之利，奖励军功；受封于鲁的伯禽，则偏好制礼作乐；齐鲁两国分别走上了重经济、尚武功和倡文治、扬礼乐的道路。

春秋战国时代，齐国造就了孙武、孙膑等一大批军事家；鲁国产生了以孔子为师祖、孟子为后继的儒家学派；一部《孙子兵法》，一部《论语》，启蒙和奠定了山东的历史文化、地域性格、观念意识乃至风俗习惯。

泰山之阴为齐，泰山之阳为鲁；齐人的代表是胶东人，鲁人的代表是沂蒙山人，两个地区一个靠海、一个依山；胶东人机智、聪明，有经济头脑，办事讲究效益和效率；沂蒙山人更加朴实憨厚、忠诚善良，适合做朋友，你若在外边犯了错误，庄上的老少爷们会提着鸡蛋挂面来看望你、安慰你。

一提山东人，大都会有大汉的印象，这大概来自隋唐时期的山东响马，有关秦琼、程咬金等一帮绿林好汉的故事，以及水浒里一百单八将梁山好汉的角色，个个豪爽仗义、侠肝义胆、大碗喝酒、大块吃肉。大汉既是身材上的，也是人格、性格和气质上的。山东人实在，有时却讲究官本位；豪爽，有时又有些吹牛。山东女人勤劳、朴实、贤惠，最典型的是《沂蒙颂》里用乳汁救伤员的那个红嫂。

碧海洋房的青岛　在青岛参加研讨会的那些日子，常去海边看海。站在礁石上，看海水的清澈无垠、碧波荡漾、潮起潮落，蜿蜒的海岸线环绕岛城，像簇拥着一颗璀璨的明珠。

海滨浴场，吹拂着咸湿清凉的海风，是个遮阳伞和泳衣男女组成的花绿世界，随着海水的起落，发出惊叫和欢呼，在不断涌起的潮水中笑着闹着。

青岛的美，有着丰富的层次和深厚的底蕴，十几座山头星罗棋布地矗立在老城区，风姿绰约的德式、俄式、日式建筑，错落有致耸立在山坡、撒落在海边，显示出浓郁的欧陆风情和殖民地文化。

如果说青岛是一幅油画，蔚蓝的海水是她的底色，那么起伏楼群的红瓦顶，便是彰显其活力的亮色。那些闪烁着童话般色彩的老建筑，好似情热中隐藏着身份的贵妇人，可以寻觅到历史的印迹，聆听到往昔的回声。

青岛给我的印象，轻灵，明快，朝气，洋气。城市雕塑随处可见，五月的风、音乐之帆、铜铸啤酒杯等，极具现代感和艺术性，生动地展示出这座城市的气质和风情。

描绘青岛的美，我的语言是乏力的，康有为先生说过几句话："红瓦绿树，碧海蓝天，不寒不暑，可舟可楫。"我以为，这是对青岛最精确也是最诗意的概括。

先秦故地

八百里秦川　在地理上，陕西可区分为陕南、陕北和关中三部分。秦岭以南为陕南，多山，汉中近巴蜀，商洛、安康近荆楚；桥山山脉以北为陕北，以黄土丘陵为主，再北是毛乌素沙漠，到了塞上；关中处四关之中，渭河平原，号称八百里秦川，土地肥沃，人口稠密，是周秦故地。

陕西，特别是关中，是礼乐文化的摇篮，是周礼的故乡。陕西人窝在关中，不可能有大出息。周武王姬发吊民伐罪，兵临朝歌，灭殷纣而得天下，是开拓；秦自穆公之后，以东进为国策，终于在嬴政手里"六王毕，四海一"，也是开拓。凡想成就王霸之业者，大都理先据有关中，而后逐鹿中原，争雄天下。

陕西人在本地称"冷娃"，朴讷温厚而又爽直豪放，既有一股韧劲狠劲，也有一股野气匪气。多数陕西人实诚而不活泛，"生、蹭、冷、倔"是对陕西人性格的一种乡土味表达，"老陕"的称谓，便带着些自负、自嘲和苦涩流传开来。

泡馍是陕西的名小吃，吃家的功夫全在掰馍上，掰好的馍经得起和肉一起煮，与烂熟的羊肉一起嚼咽，是陕西人的口腹之乐。大漠孤烟，长河落日，一曲高亢苍凉的秦腔或信天游，是脉息的搏动，是生命的歌吟，是黄土的悲壮。

大梦西安　没有几座城市能像西安一样，将历史看作自己的魂，曾经的长安像一个梦，长久地活在中华民族的脑海里；建都时间最长，建都朝代最多，影响力最大，周、秦、汉、唐的文韬武略，将八百里秦川写成了英雄史诗、黄色文明。

城墙是这座城市的门面，古朴，厚实，气派；钟楼鼓楼，晨钟暮鼓，沉稳，浑厚，悠远，迎来了多少虎踞龙盘的朝代，送走了多少笙歌萧埚的夜晚，钟声里有欢歌豪情，鼓声里有悲凉沧桑。

西安像一坛陈年老酒，虽然没有精致的包装，但历久而弥新；又像一位大家闺秀，虽然装饰朴素，却美丽而高贵。秀丽的骊山脚下，温暖的华清池旁，"回眸一笑百媚生，六宫粉黛无颜色"的杨贵妃，以柔情缠绵让玄宗甘愿失去江山。重色轻国的帝王，娇媚恃宠的妃子，让后人恨也好、爱也罢，有了这段缱绻羡爱、肝肠寸断的故事，终究丰富、柔化了西安。

当男人在马背上战累了、很无奈的时候，女人出场了，文成公主、王昭君将两个失散的民族揽入中华的怀抱，她们远离繁华的长安，在偏远的大漠孤地承受寂寞，在汉藏、汉蒙，以及中国人心中铸就了美丽和神圣。谁说唯有男人的战刀才能书写历史，女人用柔情三千同样为历史谱写精彩的篇章。

到达汉唐的巅峰后，西安似乎退到历史的幕后，将兴衰荣辱都用城墙包围起来，成为遥远的记忆，除了高亢激越的秦腔，再也没有发出指点江山的声音。然而，沉默的西安终久有爆发的时候，当倭寇的枪炮在城门前炸响时，张学良、杨虎城使出东北、西北汉子刚烈的性子，发动了举世震惊的事变。一代名将冯玉祥率军英勇还击，西安城毫发无损，西安人以独特的方式开了一座"玉祥门"，表达对护城英雄永久的敬仰。

西安城的花，与历史遗迹搭配在一起，开得高贵，盛得凌人，每一簇花都绽放着刹那的惊艳，在微风中、旭日下姹紫嫣红。兵马俑的奇迹，大雁塔的佛经，大明宫的天机，留给人们太多的遐想。灞河两岸，春寒扶柳瘦，日暖渐生花，柳绿成景，花落成诗；如今的关西大汉，淡忘了昔日的辉煌，没有抱怨，没有沉沦，朴实而执着，大气而豪迈。

华清池，周筑罗墙，山水秀丽，宫室楼阁，豪华气派，因唐明皇宠妃杨玉环而闻名遐迩，杨玉环也因这处古迹而更有人文内涵。

秦始皇时，以石筑室砌池，称"骊山汤"；汉武帝时，构筑离宫；隋文帝时重建，唐贞观年间扩建，称"汤泉宫"，天宝年间改称"华清池"。

一处温泉汤池，其实并没什么了不起，地热水融入些矿物质和微量元素，用它泡泡可治些慢性疾病。皇上见它不错，就砌上些池子，盖起大房子，再让文化人取些耐听的名字，供皇帝及后妃们洗澡。

皇帝洗澡不能像老百姓似的，一群人挤在大澡堂里，怪味熏人，吱哇乱叫。人家得讲排场，如果只是洗澡，就不会留下那么多史料了。关键是唐代开元年间，经历了由盛到衰的转折，决定朝代命运的人物唐玄宗、杨贵妃经常光顾这里。

杨贵妃，与越国的西施、西汉的王昭君、三国的貂蝉，并称历史上四大美人。白居易《长恨歌》写道："后宫佳丽三千人，三千宠爱在一身。"长得漂亮的女人，往往容易涉入政治，而政治也需要美色来点缀。

西施、王昭君、貂蝉的美色，带着一些大义凛然、舍身为国的味道，称得上"义女"；而杨贵妃诱得玄宗没有魂，无心朝政，并"一人得道，鸡犬升天"。"安史之乱"玄宗仓皇出逃，行至马嵬坡禁军兵变，要求赐死杨贵妃，一代美人就此结束了性命。

兵马俑　在临潼骊山，有一座秦始皇陵的陪葬墓穴，排满了身着铠甲武士和马拉战车的陶俑，呈青灰色方阵，英姿勃勃，蔚为壮观，称得上皇家兵战陪葬品之最。

那些陶俑给人一种强烈的震撼，让人感觉到一种勇往直前、摧枯拉朽、不可阻挡的精神，以及与这种精神浑然而成的豪气和霸气，有一种蕴涵于内、偾张于外的力量冲击和感染着你。

始皇嬴政，顺应历史潮流，给民族带来希望和信心，统一法令、度量衡、货币和文字，剿灭旧势力；同时又给民族带来灾难和深渊，严刑苛法，租役繁重，焚书坑儒，连年征战，老百姓苦不堪言。

秦始皇创造的集权模式，统治了中国几千年，人们受制、憎恨这种模式，却又留恋、尊崇这种模式，兵马俑正是这种集权模式的产物，它是权力的象征，又是对权力的控诉。

山西风光

平遥古城　一片青灰色的城墙屹立在苍穹之下，灿烂的阳光照着城墙，但仍透溢着古老的气息，像一位历经沧桑、饱含睿智的老人。

登上城墙，远望城外，原野，田畴，道路，辽远而空旷。下望城中，青砖灰瓦，院落民宅，古朴而幽深；四大街，八小街，七十二巷，经纬交织，井然有序，原汁原味地显现明清风貌。形如龟状的城墙，南门为龟头，城门外两眼水井似双目，北门为龟尾，是全城的最低处，东西四座瓮城为龟爪。

仰望凸出城墙墩台的敌楼，高高的瞭望口，隐蔽的射击孔，粗铁链吊着的兵器，仿佛穿越时光的隧道，看到了将士"会挽雕弓如满月，西北望，射天狼"金戈铁马、驰骋疆场的硝烟，听见了征士"浊酒一杯家万里，燕然未勒归无计"思乡心切、借酒释怀的慨叹，目睹了士卒"醉卧沙场君莫笑，古来征战几人回"搀扶返营、相互慰勉的悲壮。

古城墙高大厚实、威风凛凛，护城河绵延环绕；城墙上的七十二座敌楼、三千个垛口，象征着孔子的七十二贤人和三千弟子，也许这种寓意激励了一代代平遥人，苦读学子孙康"映雪读书"、流传千古，史学家孙盛敢不顾"满门抄斩"、秉笔直书、青史留名，既显示着平遥古朴的民风，也彰显着古城深厚的文化底蕴。

漫步在大街小巷，古城像一位婉约、端庄的风韵女人，在经风历雨后，仍然宠辱不惊、风情万种。县衙署大堂联"吃百姓之饭，穿百姓之衣，莫道百姓可欺，自己也是百姓；得一官不荣，失一官不辱，勿说一官无用，地方全靠一官"，可谓为官者的立身之道。

中国历史上第一家票号"日昇昌"，鎏金的招牌仍炫耀着旧时的辉煌；两侧房间墙壁上的诗文匾牌，如"赵氏连城璧，由来天下传""生客多察看，斟酌而后行"，据说是顾客取兑银两所用的密码。称为"中国华尔街"的明清商业街，两旁店铺林立，商幌高悬，晋商成功的背后，隐藏着多少苦涩辛酸，只有他们心里清楚。

乔家大院，又名"在中堂"，位于汾河之畔、三晋腹地的祁县，是清末民初著名商业金融家乔致庸的宅院。俯瞰整个院落，像个大吉大利的"喜"字，门牌楼阁，雕梁画栋，恢宏气派。

大院内外挂满了大红灯笼，黑漆大门扇上，是一副铜对联"子孙贤族将大，兄弟睦家之肥"，石雕门额上写着"古风"二字，笔力雄健，淳朴浑厚。顶楼上悬挂着山西巡抚受慈禧太后面谕而赠送的牌匾"福种琅嬛"。进入大院是一条石铺甬道，把六个大院分为南北两排，西尽头是乔家祠堂，与大门遥相呼应。

大院形如城堡，四周全是封闭式砖墙，上面有掩身女儿墙和瞭望探口，各院房顶上有走道相通，用于巡更护院。从院外看，威严高大，整齐端庄；进院里看，富丽堂皇，井然有序，显示了北方封建大家庭的宅院格调。

在影壁、廊庭、屋檐等许多地方，刻有各种石雕和木雕，挂有不少牌匾和楹联，看上去古朴华贵；那些"一蔓千枝"的百子图，"和合二仙"的送宝图，"福禄寿"高照图，还有"五福捧寿"的吉祥，"六形龟背"的神异，"七巧回纹"的流畅，"八骏九师"的雄壮……都体现了乔家人对理想生活的追求。

乔致庸的祖父乔贵发，生于一个贫穷家庭，幼年父母就去世了，看着舅娘的脸色长大，不愿受街坊、邻里的奚落和嘲讽，背井离乡，走西口去包头，从拉骆驼、卖豆腐、生豆芽等干起，逐渐站稳了脚，变成了小财东；凭借机敏、胆识和信义，做起了期货，开春订粮，秋后交付，经过若干年，成为远近闻名的富商。

乔家最兴旺的时期当数乔致庸，继承家业后打里照外，驰骋商海，节节制胜，买卖字号发展到几十家，每增加一个字号，不放鞭炮，不摆酒席，而是挂一盏灯笼，预示着家业兴旺发达。乔家从穷困潦倒的农户，成为富甲天下的商贾，留给我们太多的思索。

走西口 "哥哥你走西口，小妹妹我实在难留；手拉着哥哥的手，送哥到大门口。哥哥你走西口，妹妹我苦在心头；你这一去要多少时候，盼你也要白了头"。

每当听到这首凄婉的歌，仿佛看见荒凉的古道旁，牵着毛驴的哥哥一步一回头的恋恋不舍，仿佛听见站在高山上瞭望的妹妹，至死也要把哥哥随的心声。

山西人跋涉数千里走西口，也是生活所迫，家里的粮食不够吃，为了不饿死在家里，男人出去混个嘴，把省下来的粮食，供女人们度日子。要不是生死难卜，要不是为了糊口，山西人绝不会为了钱，为了发财，让心上人哭哭啼啼、一遍一遍地唱《走西口》。

山西人走西口，已经成为难以磨灭的历史文化现象。走西口的人成千上万，挤挤挨挨，摩肩接踵，不知疲死累死、冻死饿死多少人。但并不都是不幸的，在口外寻找生路的人，总有一些人会碰上好运气，山西人的忠厚老实，在经商做买卖中化为诚信，这比精明更重要，这是晋商的成功之道。

走西口是个过程，晋商是个结果。没有让"妹妹"白等，发了财的山西人，不舍得吃，不舍得穿，大都小气，但人做得周正；银钱是苦出来的，花天酒地，胡支乱花，那是孽怨。他们拿出一部分修房子、建大院、设票号，那是光前裕后的事，不能不做。匀出一部分钱来，给僧众修庙建寺筑道观，那是行善积德。

晋商的出现，并非山西人"坦然经商"的结果，不到万不得已，是绝不出远门做生意的。虽然晋商富甲天下，但山西却没有像样的书院，王家大院、乔家大院如流星一般，在天空划过一道光弧后，消失在历史的云烟中。

大江大河大武汉

　　武汉，既不是在江北，也不是在江南，而是一座骑在江上的城市。"茫茫九派流中国，沉沉一线穿南北"，说的就是武汉，一个最具流动感的城市。一座城市离不开水的滋润，长江、汉水从西南、西北方向贯穿整个市区，将武汉割成三大块：汉口、汉阳和武昌，如此独特和优越的地理，使人感到武汉异常的大。

　　湖北是古楚国的中心区，武汉是楚文化向外传播的重要通道；自汉经南北朝至元明，武汉成为水陆交通枢纽、商品集散地，货物积山，居民填溢，商贾辐辏。明末清初，汉口与朱仙、景德、佛山同称"四大名镇"，成为"楚中第一繁盛"，享有"九省通衢"的美誉。清末洋务运动，刺激了近代工业兴起，武汉成为内地的经济重镇。

　　近代著名的汉阳造步枪、汉阳铁厂，现代著名的武钢、纺织厂，曾像明珠一样让武汉熠熠生辉；如今许多老厂都消失了，偶有存在也不景气，只留下空荡荡的厂房。黄鹤楼号称"天下江山第一楼"，并非浪得虚名，耸立武昌蛇山，立根长江之畔，为武汉平添了一些浪漫和神韵。

最舒服的是楚河，发源东湖，流经沙湖，汇入长江，宛若一条长长的玉带，将大半个武昌城揽入怀中；河畔拱桥柳烟，河面碧波荡漾，河水淹没了都市的嘈杂，隔开了咫尺的喧哗。沿河以北的绿化带，行走其间，感觉不像是一处城市的风景，倒像是进入一个陌生的梦境。水从城市的腹地流过，使得匆忙的脚步多了些细腻和柔情。

最喜欢的是汉街，整体建筑民国风格，荆楚文化元素点缀，偶有现代和欧式建筑嵌入其中；沿街商铺林立，楼宇高低错落、疏密有致，显得灵动、雅致而富有生趣；两旁红灰相间的清水砖墙，雕着旋涡状山花的门楣，留存在青石道上的水迹，让人恍若隔世；大凡有些名气的"老字号"前都排着长队，品着地道正宗的汉味小吃，让人回味悠长。

楚河，汉街，多么贴切、诗意的地名，传统与现代相得益彰，中国与世界交相辉映，历史人文与城市景观巧妙融合。如果说楚河是一位柔情似水的江南女子，那么汉街就是一位内蕴深厚的谦谦君子，有故事的楚河、汉街，自然有着最为甜美的爱恋。

湖湘之风

岳麓书院　湘江岸边，岳麓山下，兰草涧边，千年书院，给人一种清静、斯文、庄重的感觉。

书院纳于名山，藏于大麓，层峦叠翠，幽美深邃，兼得山水之美；徜徉于山间庭院，犹如走入历史文化的纵深处。

书院是一批文化理想者反复思考、精心设计的成果，实行"山长负责制"，恰好与书院的环境相吻合，听起来野趣十足，包含对朝廷级别的不在意，显现着悠闲和自在。

书院采取宽松的教学方式，由山长或教师十天半月讲一次课，其余时间自学，师生、学生间请教、讨论，将教学、研究与文化人格融为一体，培养品行端庄的文化人。

门楼、讲堂层层递进，肃穆庄严；斋舍、祭祠对称排列，井然有序；御书楼、文庙、祠堂、校经堂那些朱色或青色的柱子，有一种震慑的感觉。书院的核心——讲堂，屏壁正中是张栻的《岳麓书院记》，字体遒劲，风骨清奇；讲坛前的"平分秋色"，是当年书院山长张栻和大儒朱熹会讲的地方。

最令书院骄傲的，不是山水的清幽，也不是楼匾的气势，而是那些灿若星辰的师长和学子，从朱熹到王阳明，从王夫之到魏源，从曾国藩到左宗棠，从杨昌济到毛泽东……那些写入中国历史的人物，印证了"惟楚有才、于斯为盛"的旷世奇观，任尔"风云变幻"，我自"弦歌不绝"。

园林清幽，人文深厚，无论是看山看水，还是悟人悟世，都会有一番收获；与其说岳麓山赋予了岳麓书院葱郁，还不如说岳麓书院给予了岳麓山灵气。

岳阳楼，伫立在风光秀丽的洞庭湖畔，纯木结构，重檐灰顶，四面明廊，建筑精湛，是江南三大名楼之一，有"洞庭天下水，岳阳天下楼"的美誉。

岳阳楼，始建于三国，是吴将鲁肃训练水师的"阅军楼"。西晋南北朝，称"巴陵城楼"，中唐之后，改称"岳阳楼"。

李白留下了"楼观岳阳尽，川迥洞庭开"的诗句，杜甫写下了"昔闻洞庭水，今上岳阳楼"的风情，范仲淹更是以恢宏文作《岳阳楼记》，使这座古楼名声大噪。

登上楼台，凭水临风，观湖光山色，俯瞰的是辽阔，远眺的是苍茫；仿佛时光穿越，看见群雄逐鹿、刀光剑影、东吴万里船；听见战马嘶风、铁蹄扬泽、樯橹灰飞烟灭。

三国早已流水落花，楼阁却风采依旧；飘摇的是风雨，变换的是岁月，不变的是蔚蓝；雄浑悲壮的是河山，开阔致远的是胸怀。

"居庙堂之高则忧其民，处江湖之远则忧其君"，"先天下之忧而忧，后天下之乐而乐"，岳阳楼的真性情、真精神。

一座楼阁，干净了一片山水；一楼烟雨，安顿了一方生灵；一句名言，诠释了一座名楼；一篇文章，抒发了一种豪情。

远逝的边城　湘西的细雨，会在心情柔软的时候，给人缠绵的撩拨；烟雨中，湿漉的青山，雾岚缭绕，浅笑盈盈，像水墨一样的女子，站在心径的路口。

青山环抱的凤凰，着一袭青花素衣，一叶叶轻舟划过那方水域，是画家挥洒的丹青画卷，是诗人抒写的空灵悠远，只有轻盈的脚步才不会惊扰她的清梦，只有湿润的眼眸才能抵达她的纯粹，只有洁莹的心声才能读懂她的婉约。

一湾沱江水，带着原始的野性，从云峰峡谷奔来，到了凤凰，收敛了许多，依着城墙潺缓流过，在这里歇个脚、打个盹，又向浩渺的沅江流去。江边有洗衣妇棒槌衣裳，大着嗓门说话，有苗家女戴笠披蓑，背着背篓擦肩而过；清澈如镜的水，倒映着两岸青山黛影；薄凉温柔的风，如女子发丝拂过脸庞。

河岸的吊脚楼，一半扎根古街，一半突兀危崖，与鳞次栉比的亭台楼阁交相辉映。古城给人的感觉，是凝重、典雅、淳朴、闲适的，饱经风霜的城门，紫红石的老街，日月剥蚀的石阶，风雨陈迹的老屋，古朴幽深的宅院，雕龙画凤的屋檐……沉淀在浩渺的时光长河中。

城墙俨然如一条长蛇，缘岸爬行，铭刻岁月的沧桑；吊脚楼的倩影，在水波中影影绰绰，增添了古城的神秘和魅力，需要梦呓来解读；熙熙攘攘的游人，肩并着肩，手牵着手，融入小城的古典和浪漫，显得那么妥帖和曼妙。

沈从文先生的故居，四合院凄清而雅致，雨丝飘过的院落，湿润润的；经过半世纪的漂泊，先生终于回到魂牵梦绕的边城，长眠于故乡山水之中；这座小院与世俗的纷扰无关，恰似我的心境，正如先生的那句话"美总是难免让人伤心吧"。

多彩贵州

亲近花溪　贵阳因一条花溪，便充满了灵性。花溪，贵在城郊，美在自然，给人的印象总是那样不愠不恼、不急不躁，深情款款地温润在城市一隅。

秀美的小山峦，耸立于花溪河两岸，山内有溶洞、有暗河，河水贯山过崖，越桥撞壁，形成小湍流、小瀑布、小堰塘、小河滩，一股浓浓的乡土气息和朴拙的生命张力，直朝你扑来。

坝上桥、百步桥瀑流轰鸣、飞珠奔玉，芙蓉洲、放鹤洲溪流宁静、水流潺潺，麟山、龟山、葫芦山怪石嶙峋、古藤漫径、树出石隙；看远处青山悠悠，观身旁草木萋萋，仰望蔚蓝天空，俯瞰碧水波涛，一条十里爱河，或含蓄婉转，或昂扬激越，始终吟唱着动人心弦的古老情歌。

花溪河两岸，绿树成荫，遮天蔽日，明媚阳光透过树冠洒下斑驳的光影；脱去鞋袜，坐在青石上撩拨河水，酥酥痒痒，河底石子、水草、鱼虾清晰可见；花溪，四季繁花，春天百花争艳，夏日荷风送爽，秋至桂子飘香，隆冬梅花清馨。

山为水淳厚的载体，水为山灵动的眼眸，与青山为邻，与爱河相伴，生活在这样山净水秀、诗情画意的地方，贵阳人是幸福的。花溪河，在雕琢出奇山异水的同时，也孕育出了这块土地的悠悠文脉，出了黔中第一诗人周渔璜，云贵第一状元赵以炯，贵州剪辫第一人平刚。

景因人而美，人因景而至，花溪以天然的纯朴美、宁静美，吸引了大批文化名人；巴金与萧珊在花溪举行婚礼，写下了小说《憩园》；陈毅留下了"十里河滩明如镜，几步花圃几农田"的赞誉，董必武留下了"几曲清流徐下注，两旁田稼保丰年"的祝福。

花溪公园有一道"后门"，可通往贵大校园，贵大学子常在周末歇课时，三五成群，鱼贯而出，感受校园外的另一番风景，花点小钱，品尝丝娃娃、恋爱豆腐、串烧田螺田鸡等，至今想起依然让人直淌口水。

黄果树瀑布　尚未看见黄果树瀑布，耳际就响起了威震山谷的轰鸣声。来到白水河对岸，远远望去，一瀑水帘从悬断飞奔而下，直泻犀牛潭，激起万朵浪花，气势磅礴，蔚为壮观。

沿着湿漉的石阶往下走，浸润在蒙蒙的水雾中，随风飘来的水丝，轻吻着每寸肌肤，感受着轻柔的抚摸。来到谷底仰望瀑布，任凭那飞珠溅玉打在脸上，打湿发梢和衣衫。

环绕崎岖的山径，走进水帘洞，石乳上的水珠晶莹欲滴，色彩斑斓，宛若置身人间仙境；从洞窗口观望巨瀑，宛如流动的丝线、急促的飞梭，织成的一道天然锦绣。

浩荡的白水河上，有地表瀑布十八个，地下瀑布十四个，形成一个庞大的瀑布群。漫步陡坡塘瀑布，瀑形并不是急落的水帘，而是瀑水漫布在坡石上，不知是水裹着坡石，还是坡石上凝着水；银链坠潭瀑布，流过宽展的石崖，分多道泻入谷底，宛若一条条银链；大小不一的瀑布，遥相呼应，互为衬托，多姿迷人。

瀑布周围的天星景区，山水相间，石树相缠，鸟语花香，像一个大型的盆景；龙宫溶岩造型奇特，有的像猴子捞月，有的像寿星捧桃，有的像观音现世，有的像鱼跃龙门，惟妙惟肖，引发无尽的遐想。

两岸嶙峋的石壁上，挂满了葱郁的水草，似水雾淋漓的翡翠，与青绿的树木、清澈的溪水、湛蓝的天空，汇成一幅秀美壮丽的山河画卷，没有人工雕琢，没有刻意修饰，散发着一种原始、天然、纯朴的气息。

荔波小七孔　走进荔波，走进小七孔，心便醉了，如同走进了画廊和梦境，连绵的喀斯特山脉上，一大片原始森林扑入眼底，晶莹的响水河奔流而下，冲泻成数十座小瀑布群。

小七孔，因清朝道光年间修建一座七孔石桥而得名，绿树掩映中，透着精巧、幽静、秀美，绿中带蓝，蓝中泛青，如嫩滑的玉，如精致的画。

六十八级瀑布群，时而急促狂泻，时而平坦舒缓，水的颜色随不同的状态而变化。卧龙潭、鸳鸯湖的水，光影朦胧，妩媚迷人，与翠绿的树草映照着，宛若深闺的女子，安安静静的，只有在惊扰她的清梦时，才露出嗔怪的表情。

水上森林，千百株树木植根于水中石上，水中有石，石上有树，水、石、树相生相伴、相偎相依，宛如漂在水上的盆景。那潺潺的流水，漫过石墩，漫过树梢，似柔情的少女在浣纱；那茂密的树林，掳走了盛夏的热浪，带来了沁人的清凉。

小七孔，茂兰喀斯特森林，集山、水、林、石、洞、湖、瀑为一体，席卷了所有的妖艳，奇异的鸟在树间跳跃，飘浮的云在水中倒映，美景尽情地堆积着、渲染着，每一刻心灵都在颤动，说不清她的美，是从一棵树开始，还是从一片水开始。

广州印象

广州，临南海之滨，扼珠江之口，华南地区的出海口，"海上丝绸之路"起点之一。在相当长的时期内，是封建王朝的"外化之地"。在风起云涌的中国近代史上，广州有"思想摇篮"之称，黄遵宪、康有为、梁启超、孙中山等一批先驱者、革命者，在这个"天高皇帝远"的地方，发出了震惊全国的声音，昂起倔强的头颅，向着遥远的北庭抗争，乃至举兵北伐，成为颠覆清政府和北洋政权的策源地。

广州成为改革开放的前沿，具有"生猛鲜活"的特点：生就是生命力，猛就是爆发力，鲜就是新鲜感，活就是灵活性，向枯朽陈腐挑战。广州是个市场化的城市，对中央的政策用够、用活、用好，借助市场的"无形之手"，得益于岭南肥沃土壤的滋润，在整个珠江三角洲先后崛起了深圳、珠海、佛山、东莞、中山、南海等一大批明星城市；城镇与乡村叠加，市民与农民并列，南人与北人扎堆，使广州变成一座"城乡一体化"的国际大都市。

外地人第一次到广州，大都感觉眼花缭乱、晕头转向、不得要领，吹在身上的风热烘烘、潮乎乎的，建筑是奇特的，树木是稀罕的，衣着是随意的，语言更是莫名其妙的，被一种完全陌生的粤语包围着，浑身都不自在。坐公交听不懂呼报的站名，吃东西看不懂菜谱上的菜名，半天点不出一道菜来，连吃饭都成了问题。外地人就纳闷了：我还在中国吗？

广州人精明，善于享受生活，爱吃敢吃，一般人不敢想、不敢碰的蛇、猫、鼠、蝎、虫，让一路恣意吃过来的广州人大饱口福。广州是个"说不清"的城市，文化兼收并蓄、相融共存，相信风水，崇拜财神；过早的市场化，让人感觉灵活有余持重不足，活力有余前瞻不足，仿佛像这样一个人：已身着西装，但足蹬布鞋，不留神口袋中还能掏出个鼻烟壶。

一方水土一方人

　　中国幅员辽阔、人口众多，因"一方水土"地域环境、人文历史、经济发展的不同，造就了"一方人"性格特征、风俗习惯、生活方式等方面的差异。

　　北京是历史名城、文化古都，几千年的历史积淀，荟萃了各地文化的精粹，皇城根下垄断着许多资源，有一种与生俱来的霸气；"京派"文化孕育的北京人，幽默中透着平和与世故，谈论的都是国家大事，虽然早在大清国的茶楼酒肆就有"莫谈国事"的招贴，依然挥不去北京人的政治情结，谈资中总少不了上层内幕、时局评论。

　　相对于北京，上海没有那么多历史，这个诞生于现代资本聚敛之上的弹丸之地，发展的速度、规模超乎想象，发展的稳健和潜力也无可比拟；上海是长江流域的龙头，是中国最现代化、国际化的区域，充满朝气、活力和希望，这或许与"海派"文化及上海人的务实、精明、理性有关，大概是一种规范意识在起作用。

江浙无不浸染着江南文化，钟灵毓秀，地灵人杰；从古至今，达官贵人云集，文人墨客辈出；江浙人心思缜密，像熟练的工匠，生活轮廓烂熟于心，"吴侬软语"中带着温和、恬静和淡雅，小桥流水、烟雨画舫浸润的，不只是风流才子、小家碧玉，还有开阔的胸襟和创业的才能。

湖南人以"霸蛮"著称，书生意气、武侠豪气兼而有之，既能著书立说，又能领兵打仗；在中国近现代史上举足轻重，湘军耀武扬威，农民运动风起云涌；从湖南走出的领袖、将帅、学者、作家，都在历史上留下了深深的印迹。

四川既有"天府之国"之称，也有"蜀道难，难于上青天"一说；川军吃苦耐劳、能征善战，也不乏司马相如、扬雄、巴金、郭沫若等文人；盆地的守业者，山区的守望者，在"吃"与"茶"的熏染中，日子过得逍遥自在，闲散、平和、内敛中透着浓浓的麻辣味。

东北曾是风雪中饱含血泪的移民之地，坚毅、豪爽、剽悍成了东北人性格的底色，见不得受冤屈的人和事，侠骨柔肠、顶天立地活着；民间艺术的搞笑，源于生存环境的乐观和睿智，也喻示血性的衰变和文化的错位。

山东有"齐鲁"之分，也有"贤义"的传统；东部古齐国的人，似乎更活跃、开朗、灵活，昔日闯关东的大多是"齐人"；西部古为鲁地，受孔孟的影响，"鲁人"显得更敦厚、质朴，尚礼义，重廉耻。

　　山西人有"老西儿"之称，尚勤俭，善理财，晋商在过去是很有名的；到山西王家大院、乔家大院看一看，去西口、杀虎口走一走，仍能感受到晋商的艰辛和辉煌；如今的山西似乎沉默了，需要重新面对世界。

　　陕西是周秦故地，礼乐文化的摇篮，秦兵所向披靡、天下归一，长安是中西丝绸之路的起点；"老陕"的称呼，有些自嘲，也有些自负；"生、蹭、冷、倔"的性格，很有些冷娃精神；也许只有在高亢的秦腔、悠远的信天游中，才能找到陕西人影子。

　　云南地处边疆，发展相对滞后，在一些偏远地区，还保留着原始的生活习俗；云南人平实、淳朴、厚道，在历史的关节点上，又正道直行、敢作敢为，在重九起义、护国讨袁、台儿庄战役、滇西抗战等历史事件中，彰显了云南的"真精神"。

　　一方水土列举不尽，一方性格说道不完，每方水土、每方性格都有优劣、长短。随着改革开放、市场经济的深入推进，发展不平衡的状况正在改变，各方人长期形成的文化心理积淀，出现了碰撞、交流和融合的趋势。

浸泡在乡情里的人，难免会敝帚自珍。一方人看家乡人，连着血脉，系着感情，存在相近、相通的体验，很容易做到"入乎其内"；拉开一段空间、时间距离看，便有了更多的比照，更容易做到"出乎其外"。

行者的歌吟

——读郭松随笔集《结伴而行》

刘春光[①]

郭松是个随和而又执拗的人。说他随和，盖因其交往广泛，上自达官显贵、豪绅名士，下至文案事员、走卒贩夫，皆能混成一堆，饭店享用山珍海味，苍蝇馆子吃碗小面，无有不自在处。若求他帮忙，有希望就说"我试试看"，没可能干脆说"不得行"，鲜有打官腔拒人千里，或虚口应承不了之做派。

郭松的执拗，表现在对某些东西的沉迷与坚守。他不光朋友多多，烟、酒、茶一样不少，然他还有读书写作的嗜好，对文字的眷恋把玩，多年没改变过，这种对"空闲玩意儿"的不倦兴味，显示出他的"雅"，也包含着他追求"别

---

① 刘春光，成都军区战旗报社原社长，军旅作家。代表作品：长篇小说《成都老鬼》《那是满地霜红》，纪实文学《三日长过百年》《一个士兵童话》。

处生活"的执拗。

十年前，我为郭松的随笔集《生命的秋天》作序，说过"郭松是个有质量的男人"，现在看来，这话当不为过——我一直以为，一个人，特别是一个男人，置身世风浑浊、欲望嚣张环境中，能保持一份物欲、权欲、色欲之外的爱好，也可以稍微消减身心的俗浊之气，让人感觉干净清爽一些。天天围在酒桌、牌桌、茶桌上，酒肉、金钱浸泡日久，敷衍、算计日久，神魂必然黯淡，即使身家显赫，也难掩面目轻贱，人生路一地鸡毛。虽说郭松难免随俗，但文字的清风暖雨，让心田长出蓬勃鲜美的绿茵来。十年前，他出版《生命的秋天》，现今，又捧出这本《结伴而行》，这是他人生路上的两处"私家花园"。

郭松对读书写作的眷恋长久不衰，源于他对文字的透彻理解。他说——

> 文字，是心灵的独特气质，是心灵看不厌的风景，是写作者走不出的伊甸园；文字，记录了人生的迷茫与冥想、欢乐与痛苦、诱惑与坚守。
>
> 文字，因心因魂而美，有些文字像年少一样欢快，在草地上打滚；有些文字像秋天一样美，安静中透出灿烂；寒冷的星夜，写一段文字取暖。

文字，灵魂的伴侣；灵魂的褶皱，可以用细腻的文字熨平、舒展。文字，像掌心接住的一朵雪花，瞬间融化在心灵的温度里；文字，像指尖滑落的一粒水晶，在闪耀的光泽里，照见心底的哀愁。

追寻文字，也是在寻找一种人生的懂得；每个人心底都有痛，不说不代表不痛，说了也许痛会减轻；每个人生活的方式不同，选择写作，也许是选择一种宁静的生活。

留不住时光，却可以用文字留住记忆，留住记忆里那些零星的碎片，回味那些聚了又散了的一切；在文字里，与那些依依不舍的情感道别。

当有一天，相遇的人不再相逢，离去的人不再归来，那些文字里的惦记，会一直在那里驻留、回味和感动，用心守望那段曾经的岁月。

……

郭松用心灵流淌出的文字，凝聚成他的"私家花园"，今生命定，他会在其中徜徉一生。

郭松的大气与深刻，在于他写故土亲情，写读书作文，写品酩吟咏，写史迹风光……皆落脚于人生：人生情态、人生记忆、人生意韵、人生大义，这种可以触摸的浸透生命体验的文字，读来令人动容——

　　离开家乡，走过一个又一个驿站，终于从城市的一隅蜗居到一隅高楼，行走在匆忙的人群里，感受着拥挤和喧哗；时常思念家乡土地的广袤，一个人坐一座山，一个人走一条路，一个人蹚一条河。

　　一边是城市夜晚，两鬓灰白、身心疲惫的游子，站在高楼上自家窗前，遥望往昔的家乡；一边是儿时的自己，独坐故乡山顶放声歌唱，独自在乡间小路上蹦跳着前行，一个人游躺在故乡小河水面仰望蓝天……想象这两幅动人的图景，不由心底发出一声喟叹：人哪……

　　读史书，如交渊博友，端直方正；读传记，如交沧桑友，度年如日；读诗词，如交风雅友，草木皆入情思；读小说，如交诙谐友，阅尽人间趣味事。

　　夜深人静，热茶孤灯，间或翻动书页的读书人，时而皱眉凝思，时而轻声慨叹，时而拍案叫好，时而热泪潸然……书牵人神思，人游书经纬，明事理，养心性，铸方正，励圆通，人与书交融，何其路径宽广，何其意境精深，何其畅意快哉！

　　喜欢秋天的景色，她的意境总让人看不饱、赏不透、玩味不够，那是一种半开半醉的状态，一种"一色长天秋正好，万种风情叶癫狂"的姿态。

　　抬头望去，高原的天空高远、透明、一尘不染，远处的山岭层林尽染、韵味十足，这"不染"和"尽染"，或许就是秋天的意境吧。

　　秋天的深处，花草在蜕变，人的心情也在蜕变；蜕变中，溜走的是时光，积淀的是心境，像花开是希望、花落是从容一样。

　　秋日里，享受过恋人缠绵、友朋欢聚的快乐，孤独的行者启程远行，脚下的路蜿蜒前伸，山涧清溪水潺潺，崖头枫叶耀眼红，林间禽兽鸣声声……路通向何方？走到何时为止？为何独自前行？不必问询，行者只是行走、行走。

　　郭松一向不爱张扬，即使非常高兴，也只呵呵呵笑几声。他给我打电话约写书评时说，这个（《结伴而行》）跟那个（《生命的秋天》）不太一样！待看完大部分篇章，我明白他为何如此说了。

　　郭松的修炼是全方位的。较之于十年前，他的语言更精

粹、更准确，也更传神，几近炉火纯青，以至于我这样的老
编辑，也很难挑出毛病来。这与他的人生磨砺分不开——人
情练达即文章嘛，也与他遣词造句时精心挑选、反复斟酌有
关。他的文字换一词坎坷不平，多一字画蛇添足。然正是这
种过度雕琢，让人品咂其中滋味时，也略觉干滞。古人有谚
云：菩萨相对无言，是说大智慧相交，一切语言皆是多余。
只是我等皆凡俗蒙昧之人，倘能从些许细节中领略指向，从
谈天说地中感受启迪，岂不更妙？此是苛求。

2015 年 8 月，于成都正好花园

寄　语

　　十年前，读过《生命的秋天》，而今又读《结伴而行》，感觉郭松的文风一以贯之，平静而不寡淡，热烈而不喧闹，生动而不说教，与过去比较，更加内敛、老道了。

　　心灵自由度太低，功利性、目的性太强的人，是很难写出这样温润、恬淡、从容的文字的；《结伴而行》是郭松在"闲暇的日子"，"听从内心的召唤"，"自在""超脱""跟着性情走"，一不留神捣鼓出的作品。

　　郭松的文字率真、淡然、练达，他用审美的眼光，品味故乡水土、军旅生涯、人文历史、地域风情；丰富的生活阅历，充足的知识储备，开放的思维方式，执着的写作态度，成就了他的静气、底气和才气。

　　通观全书，有许多活思想，富于哲理，耐人寻味。"喜欢上一本好书，总会多读几遍：第一遍囫囵吞枣读，叫解馋；第二遍静下心来读，叫吟味；第三遍逐字逐句读，叫深究。""在旅途中，找回想要的自己，这大概便是旅行的趣味。""有些官僚政客，精于权术，言不由衷，台上的表态话，官场的应酬话，都是'秀'出来的泡沫语言"。这些思想晓畅、通达、精辟，没有丝毫设计的痕迹，是自然生成的状态。

四年的同窗，三十五年的交往，形成了我对郭松的认识：质朴，诚恳，善思，勤奋，是个外冷内热、外圆内方的男人。

——伏绍宏（四川省社科院管理学所 所长，研究员）

读郭松散文集《结伴而行》，犹如长途跋涉的旅者，在途中的驿站或茶肆，品一品浓郁的香茶，尝一尝醇香的美酒，舒缓一下行程的节奏。

在当今这个浮躁的时代，大都被世俗的急流裹挟着前行，似乎忘却了生活本来的意义，郭松还能静下心来整理过往，用诗化的文笔记录生活的点滴和感悟，着实难能可贵。

二十世纪八十年代初，我们一起考进川大，度过了美好的大学时光，结下了真挚的同学情谊。伴着锦江的晨风、望江楼的夕照，思辨的哲学融入我们的所有。郭松的散文，不仅洋溢着灵动的文字，还闪烁着睿智的光芒。

　　散文贵在真情，作者的文字，首先要能打动自己，才能引起读者的共鸣。在开篇《眷恋故乡》中，处处流露出郭松对故乡的深情，故乡"是一壶醇香的酒，是一首豪放的诗，是一阕温婉的词。……岁月流逝，韶华远离，许多人生驿站都渐渐淡了忘了，唯有故乡这个初始驿站，时常让人魂牵梦绕。"（《故乡情》）父亲的背影，母亲的系魂，姐姐的毛衣，成了郭松永恒的记忆。

　　每个人的故乡不尽相同，但对故乡却有相似的情感。因为"故乡不只是一方水土风情，更是一种自我的寻找、心灵的归宿、精神的守望"（《故乡情》）。我没去过古蔺，但提到赤水河，都会想到名蜚中外的郎酒，浸润在酒香的空气里，想想都会醉。

　　我很欣赏郭松的一句话："写作不是为了影响别人，而是为了安顿自己；岁月虽无痕，文字却有情，用文字兑换岁月，做一些梳理，留一些念想，这就足够了。"（《诗意栖居》）

——陶莉（四川大学商学院　教授）

　　读郭松的散文，犹如一连串的探秘，总会有惊喜，总会有发现。他的内心是安宁、磊落、光明的，即使是描写苦难，也是哀而不怨；他反复咏唱自己的故乡和童年，他的故乡何尝不是我心灵的家园，他的童年何尝不是我美好的梦想！

读郭松的散文，也是追随他的足迹，去彩云之南、雄秀巴蜀、水墨江南，未去过的心向往之，已去过的有新发现。我的老家上海，对田子坊郭松有这样的描写"那里有老上海的民居，有新兴的创意小店和画廊，也有淡淡飘扬在巷中的茶酒香，外国人觉得它很上海，中国人觉得它很西方，老年人觉得它很怀旧，年轻人觉得它很时尚，散发着旧上海时光的气息，呈现着新上海蓬勃的张力"，这些于我，竟是一种新的理解！

相对于网络文字，郭松的散文有一种厚重感。纵横八千里上下五千年，仰观血色浪漫之战地，俯视故乡古镇之老林，体人生之况味，发感世之微言，品书香茶香，酿诗韵酒韵。或思乡或怀旧或缅友，记古镇记军营记美景，思人生看历史颂领袖，还有那走出川南大山、走向大江南北的足迹。反思历史，正视现实，实事求是，讴歌毛泽东的人文情怀，赞颂共产党的历史功绩，如黄钟大吕，直压瓦釜雷鸣，欣喜感到满满的正能量！

郭松的散文，是以自己的人生为粮，以川南故乡为水，以中华文化为酵母，以亲情友情为菌落，精心酿成的一窖郎酒。我爱郎酒，我爱郭松的文章。

——张力甫（广东省佛山市南海一中　语文高级教师）

　　翻开郭松的散文集《结伴而行》，感受到一种近似抒情诗和风景画般的美感，简朴、清新、灵动、柔美的文字，透着一种淡然和超然，犹如从心中自然流淌出来的一泓清泉，沁人心脾，令人神悦。

　　郭松的散文，不完全是典型意义上的文化散文，他是学哲学的，拥有一般人不具有的哲思，总是充盈着一种朴素中带深刻的睿智。像《书魂茶魄》《旅行的趣味》《闲情逸致》《似水流年》《秋境》等，都是抓住一些瞬间的顿悟，进行深入的理性思考和文字提炼，浅浅道来，慢慢述说，平中见奇，奇中见深，体现了敏锐的洞察力、艺术的感知力和深邃的思辨力。

　　郭松的散文，带有诗意的人文情怀，善于撷取生活的片断，把人生的回忆编织成唯美的故乡情、亲友情、军旅情、书香情、山水情，在丰富的文化联想中，营造了一个至真至善至美的情感世界。最自然、最灵性、最精彩的散文，都是饱蘸深情对生活的艺术发掘和创造。难怪刘白羽先生说："散文创作，就是作者的'血'和'感情'在作品中的燃烧。"郭松用真挚情感的燃烧，把"至善尤乐"的大美情怀，用文学的形式幻化为心香的隽永与人性的温暖，感人至深，令人难忘。

郭松的散文，还是清心励志的良剂，平和中透露着激越，宁静中保持着温馨，淡泊中蕴含着执着。每每走进他的文字，内心总会涌起一股惬意的春潮，让人在当今喧嚣与躁动的社会中，找到一份值得倾心守护的宁静，抛开世故，洗净铅华，远离浮尘，淡泊明志。

我喜欢郭松的散文，更喜欢在寂静之夜冲上一杯淡淡的香茗，和着一缕缭绕的墨香，静静地欣赏，淡淡地回味，尽情享受那优美意境带来的平和与愉悦。

——宋宗清（成都军区川藏兵站部　副政委）

十多年前，读过郭松的散文集《生命的秋天》，短短的文字，浓浓的情意，把什么事都说得很真切、很透彻。今天读《结伴而行》，感觉秉承了之前的特点，然而题材更丰富、语言更哲理、情感更饱满了。

读开篇《眷恋故乡》，让我想到诗人余光中的《乡愁》和央视的专题片《记住乡愁》，当然想得更多的还是"我的乡愁"，像翻看一沓沓老照片，童年的伙伴、游戏，妈妈的呼唤、叮咛，老师的尊容、教诲，都一幕幕浮现在眼前，看见了自己的童年与成长，看见了美好如今却只能追忆的青春岁月，难免让人有些伤感。

我读得很慢，每一篇文章都反复咀嚼回味，流连于刻骨铭心的乡情亲情。《亲情》《记住乡愁》让我眼睛湿润、情绪哽咽，"父母在的时候，那个地方属于你，人离开了，心还经常回去……没有父母的家乡，已经不再属于我，心中会泛起一种莫名的茫然、惆怅和孤单……始终有一种去亲戚家做客的感觉"。这种情感的变化，是何等的冲击和震撼！

读了《结伴而行》，感觉心静了、释怀了、收获了，经过岁月积淀的东西，是一笔宝贵的精神财富，让人用心发现和感受，让人用心思考和收藏。

——何中兴（四川省旅游局政策法规处）

郭松的《结伴而行》，是从乡情、乡恋、乡愁走进我心里的。初读时，便随着它的撩拨，悉数自己那些老照片般的记忆，从"一脸欢喜不知愁"到"一世兜转情更浓"，像我也在诉说内心的眷恋与愁绪，书里书外都溢着暖暖的温情，让人分享，让人感喟。

久居异乡，人到中年，故乡情、父母情、战友情，最经不得触碰了，一般人或选择掩饰，或选择淡漠，藏在心底。郭松却让人惊讶，一路都在感悟，让过往中苦的、甜的、美的都了然于心，真情吐露，竟成大趣。

结伴而行

郭松喜欢文字，勤于耕耘，崇尚真趣，用心思考生活，用笔留住岁月。人生需要结伴，郭松与读书、写作结伴而行，必将走出别样的风景。

—— 李秀琴（昆明市政府办公厅）

后 记

呈现在读者面前的《结伴而行》，是近几年梳理过往的一些随笔，也是继十年前《生命的秋天》之后出的又一本集子，算是"十年磨一剑"。

在当今这个崇拜金钱、轻鄙学问的社会，写作出书是件不合时宜的事，本不想去凑这个出书热，但总觉得有些事想做而未做，做了而未做好，处于未完成、未尽意的状态。

回顾三十多年工作的心路历程，长期与读书、写作结伴而行，走的是寂寞、清苦之道，通常的规律是：学而思，思而积，积而满，满而作。如果说灵感是"长期积累、偶然得之"的顿悟，那么写作便是"焚膏继晷、孜孜矻矻"的渐悟。

"文如其人"是句老话，一般来说也不错，但未必都是如此。生活中，我是个平实、低调、不张扬的人，做事讲究分寸，理性多于诗情。也许追求"立言"的质量，不善或不愿多言，显得有些忧郁和孤寂，与行文中的随性、洒脱有些出入。

真正的读书人，"质疑"和"理想"是不可或缺的两翼。因为质疑，才能独立思考、坚守信仰；因为理想，才能守道持重、坚忍远行。从古至今，"士大夫"阶层的作用实在有限，文章的作用远没有"一言兴邦"的功效。闲暇时间，培养些适合心性的兴趣爱好，可为沉闷的生活平添几分豪情。

在所有的文体中，我比较喜欢散文，以为诗歌太浪漫、小说太现实，散文似乎介于两者之间，给人淡然、灵性、练达的感觉。散文的底色，应该是天蓝色或海蓝色，是深闺的女子，是儒雅的男士，是尘世的隐者。散文的语言是真切的、润滑的，嗅得着油盐柴米、生活俚语的味道。

人生就是个过程，从自己的哭声开始，在别人的泪水中结束，"趣"乃是在"走"中乘兴而"取"的东西；一些难忘的人事，会在蓦然回首的那一刻，在心底幻化成景；一些唯美的风物，会在凝眸注视的那一刻，在心间定格成画。

人生就是场体验，有浮华掠影，也有苍凉萧瑟，有大漠孤烟，也有长河落日；人生之路，既漫长又短促，既艰险也开阔，无论阳光还是风雨，无论欣喜还是失落，一次经历就是一次历练，一次洗礼就是一次觉悟。

《结伴而行》是对我"勤"和"苦"的回报，"勤"是脑勤、手勤，"苦"是苦思、苦写。一个人可以做写作以外的许多事，写作也非热衷利禄之人所能理解，这么多年始终笔耕不辍、乐此不疲，实际是选择一种生活状态，选择一种精神方向。

为本书作序的得胜兄，是我的战友，我们有知遇之交，他可谓文章高手，思想犀利，文字凝练，以真性情写真文章，擅长人文历史研究。为本书作评的春光兄，是我的良师益友，我们有共事之情，他可谓大手笔，随意挥洒的文笔，深刻精辟的见解，读其文，思其人，一位可亲可敬的仁者、智者形象跃然纸上。

为本书寄语的伏绍宏、陶莉是我大学同学，张力甫是我研究生师兄，都是某个领域的学者；宋宗清、何中兴、李秀琴，是我多年的战友，都是军营或地方的英才。字里行间，显现各自的风格，饱含真挚的友情，有情致，有理趣，简洁中见智慧，质朴中见风采。

做成一件像样的事，总离不开诸多朋友的帮助，雅安市书法家协会主席贾志毅题写了书名，四川省摄影家协会副主席（大学同学）冉玉杰以及战友海维学、周其常提供了部分图片，新华文轩出版传媒集团旗下文艺社的社长、编辑做了大量工作，云南蔺洲商贸有限公司董事长王思勇给予了大力支持，在此一并表示感谢！

郭　松

2015 年 9 月，于滇池东畔

图书在版编目（CIP）数据

结伴而行 / 郭松著. — 2版. — 成都：四川文艺
出版社, 2019.3
　ISBN 978-7-5411-5273-3

　Ⅰ．①结… Ⅱ．①郭… Ⅲ．①散文集－中国－当代
Ⅳ．①I267

中国版本图书馆CIP数据核字（2019）第027991号

JIEBANERXING

结伴而行

郭松　著

责任编辑　　余　岚　奉学勤
封面设计　　史小燕
内文设计　　史小燕
责任校对　　王　冉
责任印制　　喻　辉

出版发行　**四川文艺出版社**（成都市槐树街2号）
网　　址　www.scwys.com
电　　话　028-86259285（发行部）　　028-86259303（编辑部）
传　　真　028-86259306

邮购地址　成都市槐树街2号四川文艺出版社邮购部　610031
排　　版　四川胜翔数码印务设计有限公司
印　　刷　三河市华东印刷有限公司
成品尺寸　145mm×210mm　　开　本　32开
印　　张　9.75　　　　　　　字　数　170千
版　　次　2019年3月第二版　　印　次　2021年4月第三次印刷
书　　号　ISBN 978-7-5411-5273-3
定　　价　45.00元